대화의 희열

우리에게는 좋은 대화가 필요하다

일러두기

이 책에 실린 KBS 〈대화의 희열〉 출연자들의 인세는
아동학대피해예방기금으로 기부됩니다

대화의 희열

우리에게는 좋은 대화가 필요하다

KBS 〈대화의 희열〉 제작진

송해 · 한혜진 · 서장훈 외 지음

포르체

익숙한 일상에 샛길을 터주는
대화의 경험

바쁘게 살다가 겨우 시간을 내어 친구들과 만나는 자리, 떠들썩하게 시간을 보내고 집으로 가는 길에 허전한 마음이 떠오르던 경험이 누구나 한 번쯤은 있지 않을까. 서로가 많은 말을 하기는 했는데 그 말들이 모두 허공으로 흩어져 사라진 듯한 기분 말이다. 나이가 들수록 사람들과의 관계가 얕아지고 멀어지는 이유는 단지 마주볼 시간이 물리적으로 줄어들었기 때문만은 아닌 것 같다.

어릴 때는 새 학기마다 새로운 환경에서 새로운 친구들을 만나 점점 넓어졌던 세계가 어른이 되어서는 좁아지고 견고해진다. 감정 코드가 비슷하고 잘 맞는 사람들과는 깊은 이야기를 나누는 반면, 잘 맞지 않는 사람이나 새로운 사람들과는 소통하기 위한 노력을 하지 않게 되어서일까. 내가 알고 있는 익숙한 세상에서 평온하게 지내는 것이 즐거우면서도 나의 작은 세계에 갇히는 것은 아닐까 싶은 우려와 아쉬움이 떠오를 때도 있다.

대화는 필요한 내용을 전달하는 그 자체의 역할도 있지만, 우리의 삶을 더욱 풍요롭게 해주고 살찌우는 영혼의 식사이기도 하다. 대화는 단순히 말하는 행위를 넘어 나의 말을 하기에 앞서 상대방의 말을 듣는 것이기 때문이다. 나와 다른 시간을 거쳐 다른 가치관을 지니고 있는 사람의 세계를 슬쩍 들여다보고 때로는 나와 그의 세계가 겹쳐지기도 하는 것. 그래서 대화가 뻗어내는 가능성은 무궁무진하고 그 힘은 언제나 놀랍다.

우리는 살아가면서 많은 대화를 나누지만, 그 모든 대화가 우리에게 스며드는 것은 아니다. 그런데 가끔은 진심을 담은 잠깐의 교류가 놀라운 인상을 남기며 나를 변화시키기도 한다. 〈대화의 희열〉 시즌 1에서 MC 유희열이 말했던 것처럼, 뜻밖의 사람과 나누는 새로운 대화가 우리가 늘 가던 길에 '샛길 하나를 톡 터주는 것 같은' 색다른 경험을 남길 때가 있다. 새로운 길을 터주고 영혼을 살찌우는 대화를 경험하는 일이 자주, 쉽게 일어나지는 않지만 말이다.

더구나 언택트 시대에 우리는 화면 너머, 혹은 글자로 나누는 대화에 더 익숙해져 간다. 고립되어 있다는 느낌을 받을수록 우리에게는 그 어느 때보다 진정 어린 대화가 필요하다는 생각이 든다. 대화에는 물리적인 힘이 없지만, 세상에 혼자 동떨어지고 뒤처지고 있다고 여겨질 때 사람들과 이야기하며 공감하는 것은 어떤 힘을 끌어내는 동아줄이 되어준다. 이대로도 괜찮다고 스스로를 위로하는 것만으로는 충분하지 않을 때, 마음이 통하는 다정한 이와 주고받는 농담으로 인해 날 둘러싼 세상의 채도가 높아지는 경험을 할 수도 있다.

KBS2 〈대화의 희열〉에서는 매주 각 분야의 유명인들을 초대해 대화를 나누었다. 그러나 단지 그들의 성공담을 듣고 교훈을 얻기 위한 것은 아니다. 이 대화의 장에서 그들이 어떠한 '주제'가 되어 함께 이야기를 나눌 수 있을지에 대해서 더 많이 고민했다. 또한 성공뿐 아니라 실패와 좌절, 그리고 서로 고민하고 있는 부분까지 나눌 수 있는 입체적인 이야기의 장이 되었으면 했다.

감사하게도 〈대화의 희열〉 테이블에 마주 앉은 모든 분들이 마음을 열고 진정성을 담아 이야기를 꺼내고, 또 들어주셨다. 휘발되지 않는 이야기들이 각자의 가슴에 다양한 형태로 내려앉고 뒤섞여 가는 과정이 즐거웠다. 더불어 그들의 빛나는 성취 속에서도 역시 우리와 다른 특별한 사람이라고 감탄하는 일보다, 힘들었던 시간에 공감하고 당시의 선택을 이해하며 서로에게 배워가는 순간들이 많았다. 우리가 성공한 사람들의 이야기를 반드시 닮아가려고 애쓸 필요는 없을 것이다. 사는 데 정답이란 없으니까. 다만 시청자들과 독자들 역시 대화의 테이블에 앉아 내가 경험해보지 않은 삶에 대해 들여다보고, 또 나와 닮았거나 전혀 다른 이야기들을 떠올릴 수 있기를 바라본다. 진심을 풀어놓은 대화 가운데에서 당신에게도 하고 싶은 이야기가 생기면 좋겠다.

신수정 PD

한혜진, 표창원, 강수진, 천종호, 서장훈,
인요한, 안정환, 호사카 유지, 송해

KBS 〈대화의 희열〉 제작진

연출 신수정 이재현 유지윤 문승원 배수경 이상현 채재진 정미희
작가 강윤정 홍지해 천진영 이향숙 임연주 최은솔 강효경 박민희 박태희
책임프로듀서 최재형 손지원

그리고 유희열

차
례

01

가장 편안하게
있을 곳을 찾으세요

🌿 나를 사랑하는 방법

한혜진

국내 최고의 패션모델. 17세가 되던 1999년에 런웨이에 서면서 데
뷔했다. 국내에서 자리 잡은 후 해외로 활동 범위를 넓혀 파리, 밀
라노, 뉴욕, 런던의 세계 4대 컬렉션 무대에 오르며 세계적인 모델
로서의 입지를 단단히 했다. 한국인 모델 최초로 샤넬, 구찌, 루이비
통, 돌체앤가바나, 버버리 등 세계적 브랜드의 무대를 장식함으로
써 한국 패션모델들이 해외에 진출해 활동할 수 있는 문을 열어주
었다. 2009년의 해외 활동을 마지막으로 현재는 국내 활동에 전념
하고 있으며, 최근에는 〈골 때리는 그녀들〉, 〈연애의 참견〉, 〈나 혼
자 산다〉에 출연하며 방송인으로서도 활발히 활동 중이다.

"무대에 있을 때
  '아, 이게 살아있다는 느낌이구나'를 느껴요.
  달리 표현할 방법이 없는데, 마약 같은 느낌이에요.
  무대에 서는 가수나 연기자들도 있지만,
  그들은 긴 시간 관객들에게
  노래를 들려주거나 연기를 보여줌으로써
  자신을 표현하잖아요.
  근데 모델이라는 직업은 말도, 연기도 안 하고
  길어야 2~3분이라는 짧은 시간 안에
  모든 비언어적 수단을 동원해
  최대한 강력한 임팩트를 남겨야 해요.
  그 무대를 겪어보면 취할 수밖에 없는 것 같아요."

2006년 S/S 밀라노 컬렉션 구찌 쇼에 오른 최초의 한국인 모델. 2008년 F/W 뉴욕 컬렉션에서 최초로 안나수이 쇼 피날레를 장식한 한국인 모델. 모델이라면 누구나 꿈꿀 법한 유명하고 화려한 무대를 휩쓴 최정상 모델. 그 주인공인 한혜진은 1999년 데뷔 이래 지금까지 현역으로 활동 중이라는 기록을 오늘도 갱신하고 있다. 보통의 직업은 연차가 쌓일수록 일을 하기 유리해지지만, 모델은 '전성기'라는 말이 따로 있을 정도로 젊음과 외형적인 조건이 중요한 직업이다. 이 벽을 부수고 20년이 넘는 기간을 모델로 활동하는 한혜진에게 런웨이는 어떤 의미일까.

눈에 띄고 싶지 않은 아이

"학창 시절 저는 그냥 키 크고 못생긴 애였어요. 어디를 가나 친구들보다 머리 하나가 더 튀어나와 있어서 제발 작아지는 게 소원일 정도로요."

중학생 때 한혜진이 희망 직업 조사표에 쓴 장래 희망은 동시통역사, 광고 감독, 그리고 시인이나 작가였다. 모델이라는 직업에 대해서는 '모델도 하고 싶지만 할 수 없을 것 같다. 신체적 조건이 부족해서'라고 덧붙였다. 그때는 오히려 큰 키 때문에 더 주눅이 들었다. 한혜진은 초등학교 때 이미 선생님보다 키가 컸고, 그 사실이 부끄러워 조금이라도 작아 보이려 항상 몸을 움츠리고 다녔다. 가만히 있어도 사람들 사이로 머리 하나가 솟아올라 시선을 끄니 늘 어두운 색 옷을 입고 최대한 눈에 띄지 않으려고 노력했다.

키 큰 여자아이들은 놀림의 대상이 되기 마련이었다. 사춘기 시절, 쉬는 시간이 되면 다른 반 남자아이들이 앞다투어 혜진과 키를 재보러 왔다. 처음에는 별 생각이 없었지만, 그 행동이 자신을 놀리고 괴롭히기 위한 의도라는 것을 읽게 되면서 차라리 수업 시간이 끝나지 않기를 바랐다. 그중에서도 체육 시간은 가장 괴로웠다. 사춘기 소녀에게 몸에 맞는 체육복 사이즈가 없어서 항상 짧은 체육복을 입고 운동장에 나가야 한다는 사실은 엄청난 스트레스였다.

"이런 표현을 함부로 쓰는 걸 안 좋게 생각하시는 분들도 있겠지만, 그때는 정말 짧은 체육복을 입고 운동장에 나가는 게 죽을 정도로 싫었어요. 저는 안 그래도 굉장히 내향적인 아이였는데, 늘 놀림거리로 주목을 받으니 얼마나 괴로웠겠어요."

지금 돌이켜보면 일종의 광장 공포가 있었다는 생각이 든다. 한혜진은 가만히 있어도 특이한 아이처럼 보였다.

168cm나 되는 큰 키 때문에 성인으로 보이는데, 얼굴은 앳되고 아동복을 입고 있으니 길거리를 걸을 때마다 의도치 않게 사람들의 시선을 끌었다. 그럴 때마다 공포스러워 인파 속을 벗어나고 싶었다. 그래서 초등학생, 중학생 시절에도 용돈을 받으면 버스나 지하철 대신 택시를 타는 데 다 써버리곤 했다. 비 오는 날 우산으로 키를 가리고 걷는 날이면 그나마 마음이 놓였다.

늘 콤플렉스였던 큰 키는 뜻밖의 계기 때문에 다른 의미로 다가왔다. 준비하고 있던 미술 입시에서 떨어진 것이다. 유일하게 의욕을 가지고 준비하던 예고 입시에서 탈락하고 나니, 그다지 염두에 두지 않고 있던 다른 선택지가 떠올랐다. 한혜진은 평소 길거리에서 캐스팅 명함을 받을 때가 많았다. 그럴 때면 '내가 키가 큰 게 조금 특별한 일이 될 수도 있나?' 하는 기대감이 생기곤 했다. 평소라면 '혹시나' 하는 데 그쳤겠지만, 입시에 떨어지자 그 새로운 카드가 눈에 들어왔다.

그래서 그때 처음으로 모델 학원에 등록했다. 사실 모델 학원이라기보다 당시에 우후죽순 생긴 연예인 학원으로, 모델 외에도 가수, 연기 등 각종 분야를 이것저것 가르치는 곳이었다. 일단 학원에 들어가긴 했지만 내성적인 성격이 갑자기 바뀔 리는 없어서, 수업을 듣는 동안에도 혜진은 내내 소극적이었다. 시키는 것도 잘 하지 않고 혼자 말없이 앉아있는 시간이 길었다. 아직 이 길이 내 길인지 확신이 없고, 모든 게 모호하기만 했다.

그때 모델 등용문처럼 여겨졌던 SBS의 모델 선발대회에 처음으로 원서를 넣었다. 여기에서 뽑히면 어쨌거나 모델이 될 수 있을 테고, 그때는 그것만으로 목표를 달성하는 것이라 생각했다. 대학에 입학하면 끝이 아니라 사실 그때부터가 인생의 시작인 것처럼, 마찬가지로 모델이 되고 나면 그때부터 시작이라는 걸 당시에는 몰랐다.

일단 서류 심사에는 붙어서 예선 장소에 가야 했다. 1차가 평상복, 2차가 수영복 심사인데 수영복은 현장에서 일괄 지급되기 때문에 1차에 입고 갈 옷이 필요했다. 엄마가 비상금을 털어 신림동의 백화점에 가서 비싼 브랜드의 정장을 사주셨다. 17세 소녀에게 짐짓 어색해 보였을 수도 있지만, 그 투피스 정장은 늘 의기소침한 딸이 새로운 길에 도전하는 데 뭐라도 보탬이 되어주고 싶은 엄마의 마음이었다. 한혜진은 지금도 그 소중한 옷을 고이 간직하고 있다.

"그 옷을 입고 예선에 갔는데, 거기에 저 같은 사람이 몇백 명이나 있는 거예요. 그걸 보니까 너무 벅차더라고요. 나는 내가 제일 큰 줄 알았는데, 나 같은 사람이 이렇게 많다니. 그때 처음으로 깨달았어요. 여기가 내가 있어야 하는 곳일 수도 있겠다. 찾았다, 이제."

자신만큼 키가 큰 사람, 심지어 자기보다 더 큰 사람까지 있다는 게 신선한 충격인 동시에 너무 좋았다. 어떤 집단에서든지 소수에 속해 있다가 비슷한 사람들이 모인 집단에 들어서니 마음이 편해지고 안정되는 느낌이었다. 아무도 한혜진을 키가 크다며 놀리지 않았고 이상한 눈으로 쳐다보지도 않았다. 비로소 있어야 할 곳에 있는 느낌. 어쩌면 모델이 내 직업이 될 수도 있겠다는 생각이 들었다.

문제는 이제 막 모델 학원에 등록한 초보자에게는 모두 너무나 화려하고 프로페셔널한 상대라는 점이었다. 그 사이에서 17세 소녀 한혜진은 눈은 파랗고 입술은 빨갛게 화장한 채로 순서를 기다렸다. 최상의 컨디션도 아니었다. 한혜진의 온몸에는 처음 바른 로션 때문에 알레르기 반응이 올라와 있었고, 치아에는 교정기를 끼고 있었다. 여기에 하이힐을 신고 제대로 걷지도 못하는 채로 1차 심사를 치렀다. 경쟁자들의 기세에 충격도 받고 주눅도 들었지만 이 대회를 위해 큰돈까지 투자한 엄마의 정성을 봐서라도 어쨌든 최선을 다했다. 다행히 1차는 통과를 했는데 2차 수영복 심사에서 결국 탈락하고 말았다. 수영복을 입고 장기자랑을 해야 했는데, 누군가는 바이올린을 켜고 누군가는 상모까지 돌리는 치열한 경쟁이 펼쳐졌다. 경험도 없고 소심한 성격의 한혜진이 끼어들 틈이 없었다. 결국 "저는 장기가 없습니다"라고 말하고 탈락해 버렸다.

내가 있어야 할 자리에 발을 디디다

대회가 끝난 뒤 현대백화점 식품관에서 엄마와 갈비탕을 시켜놓고 앉았다. 엄청난 각오로 도전한 것은 아니었지만 막상 탈락하니 알 수 없는 아쉬움과 허무함이 밀려왔다. 백일몽에서 깨어나듯 이제 열심히 공부해서 미대 입시를 준비해야겠다, 그런 얘기를 하고 있는데 현 소속사 대표이자 당시 대회의 연출자였던 김소연 대표가 한혜진을 따라 나와 붙들었다. 이 아이는 무조건 모델을 해야 한다는 것이었다. 김소연 대표는 그 이후에도 원서에 적힌 전화번호를 보고 거의 한 달 동안을 매일 전화해서 부모님을 설득했다.

"안 한다니까요. 엄마, 그 언니 또 전화 왔어!"

매몰차게 거절해도 마찬가지였다. 한혜진 본인이 이미 마음을 접은 데다가, 돈을 내고 아카데미에 등록해 워킹부터 배워야 한다는 김 대표의 이야기에 집에서도 사기가 아닌지 미심쩍어했다.

유령 회사가 아닐까 별 생각을 다 하며 아버지와 사무실에 찾아갔는데 다행히 사무실은 멀쩡하게 존재했고, 다시 끈질긴 설득이 이어졌다. 김소연 대표는 '이 신체 조건으로는 무조건 모델을 해야 한다', '키가 클 뿐 아니라 동양인치고 허리가 길지 않고 두상도 작아, 이전 세대 모델들과 신체적 조건이 다르다'면서, '새로운 세대를 열 모델 유망주가 틀림없다'고 열변을 토했다. 결국 확신에 찬 김소연 대표의 말을 믿고 모델 아카데미에 3개월을 등록했다.

그곳에서 한혜진은 하이힐을 신고 걷는 법부터 다시 배우기 시작했다. 걸음마 떼고부터 여태까지 걸어 다녔는데 걷는 걸 다시 배운다는 사실이 이상했다. 하지만 모델이 되면 다양한 테마와 음악에 맞춰 걸어야 하기 때문에 그만큼 여러 템포와 무드의 워킹을 배워야 했다. 여기에 메이크업이나 옷 입는 법까지, 모델이 되기 위해 필요한 것들을 기초부터 하나하나 익혔다. 그리고 학원을 다닌 지 고작 한 달 만에 서울국제패션컬렉션 오디션을 보게 됐다. 무대에 서기 위한 준비가 충분하지는 않았지만, 일단 오디션 기회가 생겼기에 도전했다. 모델은 무대에 서기까지 매 순간이 오디션이라는 걸 실감하기까지는 더 오랜 시간이 걸렸다.

지금은 '서울 컬렉션'으로 통합되었지만 당시에는 서울국제패션컬렉션과 서울패션아티스트협의회컬렉션, 두 개의 대형 패션 위크가 있었다. 한혜진은 첫 오디션을 봤던 장소에서 또 서울국제패션컬렉션 오디션을 치렀다. 전국 각지에서 모델 수백 명이 이곳으로 모여들었다. 1차 오디션에는 각자 준비한 옷을 입고 나가는데, 오디션 규정에 맞게 너무 화려하지 않되 그 안에서 내 몸매의 장점을 극대화할 수 있는 의상을 선택해야 했다. 1차에 합격하면 각 브랜드에서 준비된 의상을 입어보는 피팅(fitting) 심사를 받았는데, 개인이 준비했던 옷을 입었을 땐 괜찮았어도 브랜드 의상과 맞지 않으면 탈락을 하게 되는 구조였다. 컬렉션을 위해 수십 개의 브랜드가 참여해 자신들의 패션을 선보여 줄 최고의 모델들을 선발하는 것이다.

그런데 초보 모델 지망생의 오디션 결과는 놀라웠다. 거의 모든 브랜드의 쇼에 캐스팅되어 무대에 서게 된 것이다. 심지어 간혹 남성복에도 여성 모델을 쓰는 경우가 있는데, 그런 남성복 쇼에까지 선발되었다. 이제 갓 모델 준비를 시작한 신인이 쇼를 휩쓸었으니 화려한 데뷔였던 셈이다. 하지만 캐스팅에 대한 기쁨은 짧았다. 당시의 한혜진에게는 그런 커다란 무대에서 쉴 새 없는 일정을 소화해야 한다는 사실이 부담으로 다가왔다. 준비되지 않은 신인이 각종 유명한 쇼에 선다는 건, 워밍업이 되지 않은 상태에서 갑자기 무리한 운동을 하는 것과 비슷했다. 한혜진은 천천히 성장하는 중간 과정 없이 감당하기 어려운 무게를 떠안아야 하는 상황이었다.

학업과 모델 일을 동시에 소화해야 하는 것도 힘들었다. 아침 9시에 패션쇼 일정이 있으면 새벽 4시부터 준비해야 했는데, 몇십 군데에서 피팅을 하고 집에 오면 자정이 넘는 일도 허다했다. 모델로서 발걸음을 떼자마자 한혜진의 일상은 엉망이 됐다. 학교에 입학할 때 상위권이었던 성적은 나중엔 거의 전교 꼴찌에 가까울 만큼 떨어져 버렸다.

특히 10대 사춘기 시절을 겪던 시기에 가장 괴로웠던 문제는 수백, 수천 명의 관객 앞에서 속옷을 못 입는다는 것이었다. 특히 봄, 여름 시즌에는 옷감 자체가 얇아 의상 바깥으로 비칠 수도 있는 속옷을 입는 게 허용되지 않았다. 너무 당연한 관례였기에 아무도 혜진에게 그래야 하는 이유를 친절히 설명해 주지 않았다. 차라리 F/W 시즌에 데뷔했으면 그나마 두꺼운 옷을 입으면서 이 세계 시스템을 배워가며 마음의 준비라도 했을 텐데, 하필 S/S 시즌에 데뷔해 대뜸 속옷을 벗어야 한다고 하니 당황스럽기만 했다.

"왜요? 속옷을 왜 벗어요?"라고 질문하니 그 순간 한혜진에게 모든 사람의 시선이 집중됐다. 새파란 신인이 시키는 대로 하지 않고 고집을 피우며 반항한다는 질타의 기운을 온몸으로 느낄 수 있었다. 현장은 난리가 났고 회사 매니저가 달려와 소리를 지르며 화를 냈다. 사고 한 번 안 치고 모범생으로 자라 부모님께도 혼나본 적이 없었는데, 그 세계에 들어서니 온통 지적하고, 혼내고, 화내는 사람들뿐이었다. 이후로도 메이크업을 두 번 받는다고, 인사 안 하고 쇼장 밖으로 나갔다고, 도시락을 늦게 가져왔다고, 온갖 이유로 혼났다. 평범하던 일상과 다른 무서운 분위기에 하루에도 수십 번, 수백 번씩 그만두고 싶다는 생각이 들었다. 그럼에도 한혜진이 지금까지 모델을 할 수 있었던 단 하나의 이유가 있었다.

"혼나고, 괴롭고, 힘들었어요. 그런데 그러다가 무대에 딱 올라가면 돌겠더라고요, 너무 좋아서. 무대에 서본 사람은 그 기분을 알 거예요. 만약 내가 언젠가 죽는 날이 온다면 나는 여기서 죽고 싶다는 생각을 했어요."

쇼장은 워낙 크기 때문에 냉난방이 잘 안 되어 S/S 시즌엔 늘 춥다. 무대 뒤에서 오들오들 떨면서 대기하다 무대 위로 올라갔는데 조명 때문인지, 관객들의 열기 때문인지 갑자기 몸이 더워지며 열이 올랐다. 추위가 녹으면서 긴장감도 함께 사라졌고, 몸이 붕 뜬 것처럼 가볍게 런웨이를 가로질렀다. 그 기분을 뭐라고 설명할 수 있을까? 아무리 힘든 과정이 있더라도 이 무대를 떠날 수는 없으리라는 운명 같은 확신이 스쳐 지나갔다.

"무대 끝에서 포즈를 취하고 백 스테이지로 나가는 게 너무 싫을 정도였어요. 계속 걷고 싶은 거예요. 가끔씩 지독하게 긴 무대가 있는데, 힘들어하는 모델들도 많지만 저는 지금도 그런 무대를 너무 사랑해요."

사실 무대가 길면 체력적으로는 점점 더 버거울 수밖에 없다. 평범한 속도로 걷는 게 아니라 15cm쯤 되는 하이힐을 신고 거의 뛰는 듯한 속도로 워킹을 하기 때문에, 다시 옷을 갈아입고 또 무대에 나가면 심박수가 가쁘게 상승한다. 그럼에도 긴 무대를 걷는 시간이 행복하고 벅찼다. 어린 시절 내내 저주처럼 느껴졌던 큰 몸이 런웨이 위에서는 가장 아름답고 강력한 무기가 되었다.

많은 무대가 있지만, 모델이 걷는 런웨이는 가장 함축적인 의미를 담고 있고 그렇기에 독특하다. 모델은 노래를 하거나 춤을 추지도, 말을 하지도 않고 그저 완벽하게 세팅된 모습으로 런웨이 위를 걷는다. 무대에 서는 시간은 짧지만 그렇기에 더욱 강렬하다. 짧은 시간 동안 모든 관객의 시선이 오로지 모델에게 집중하고, 모델은 오로지 나의 몸으로만 관객과 소통하며 존재감을 터뜨린다. 그 순간에는 무엇과도 비교할 수 없는 강렬한 희열이 찾아왔다.

무대 위 어디에도 어깨를 움츠리고 사람들의 시선을 피하던 아이는 없었다. 한혜진이 가장 나답게 편안하고 자연스럽게 걸을 수 있는 곳이 바로 런웨이였다. 그 긴 길 위에 발을 디딘 순간 한혜진은 알았다. 어떤 어려움이 있더라도 나는 이 무대의 감각을 쉽게 포기할 수 없으리라는 것을.

새로운 뉴욕 무대를 향해

화려한 데뷔 이후 국내에서 자리를 잡고 활동하던 한혜진은 2006년, 해외 진출을 하게 됐다. 한혜진 스스로의 의지가 아니라 김소연 대표가 반강제로 등을 떠민 탓이었다. 처음에는 해외에 가라는 말이 너무 싫어서 김소연 대표를 피해 도망 다녔다. 해외 진출이라는 말이 멋있게 보일 수도 있지만, 한혜진은 이미 한국에서 일을 잘하고 있는데 왜 굳이 외국에 가서 처음부터 다시 시작해야 하는지 이해할 수 없었다. '내가 시키는 대로 말을 잘 듣지 않아서 외국으로 쫓아내는 건가' 하는 생각까지 들었다.

"모델로서 세계 4대 컬렉션에 서는 건 굉장히 영광스러운 일이지만 저는 그런 욕심이 없었어요. 제가 생각보다 되게 안주하는 스타일이거든요. 한국에서 7년을 일했으니 저는 베테랑이었고 일도 정말 많이 들어왔어요. 해외 진출을 하라는 말은 이미 배가 부른데 갑자기 가난해지라는 거잖아요. 누가 그러고 싶겠어요. 지구 반대편에서, 아는 사람도 없고 말도 안 통하는데 처음부터 신인으로 시작해야 하는 거예요."

가지 않겠다고 버텼지만 김소연 대표의 행동력에 못 이겨 결국 뉴욕의 한 에이전시와 계약이 성사되었다. 2006년 1월 26일, 한혜진은 뉴욕행 비행기를 탔다. 등 떠밀리듯 도착한 뉴욕 공기는 차가웠다. 추워도 너무 추웠다. 공항으로 나오니 리무진 한 대와 슈트를 빼입은 운전자가 한혜진을 마중 나왔다. 리무진을 타고 맨해튼 시내를 가로지르니 그제야 자신이 맨해튼에 입성했다는 사실이 조금씩 실감 가기 시작했다. 빌딩 숲 사이를 미끄러지듯 달리던 리무진은 영화 속 한 장면처럼 어느 거리 끝자락에 멈춰 섰다. 운전자는 서류 봉투 하나를 혜진에게 건네줬다. 이게 뭐냐고 물으니 열어보면 알 거란다. 그는 이렇게 말하고 떠났다.

"행운을 빌어요, 꼬마 아가씨(Good luck, little girl)."

서류 봉투에는 집 열쇠가 들어있었다. 반쯤 억지로 떠나왔지만 뉴욕에서의 근사한 삶에 초대받은 것 같아 살짝 설레려는 순간, 문을 열고 들어가자마자 방 세 칸과 그 모든 방을 가득 채운 이층 침대가 보였다. 그 집은 약 20여 명의 모델이 함께 쓰는 합숙소였던 것이다. 심지어 사람이 그렇게 많은데 화장실은 고작 두 개뿐이었다.

이후로는 캐스팅을 위해 발로 뛰는 나날의 시작이었다. 먼저 숙소에 있는 팩스로 다음 날의 오디션 일정 리스트가 30개쯤 도착한다. 그때는 인터넷이 느려서 팩스로 일정을 전달받았다. 오디션에 최대한 많이 갈수록 쇼에 설 확률이 높아지는데, 오디션 장소는 사방에 퍼져있고 시간은 빠듯하게 붙어있어 부지런히 움직이는 수밖에 없었다. 밥 먹는 시간까지 아껴서 돌아다니면 하루에 25군데를 갈 때도 있었다. 그렇게 하다 보면 하루에 3kg씩 살이 쭉쭉 빠졌다. 미국 에이전시는 한국식 매니지먼트를 해주지 않아 모델들이 오디션 장소에 알아서 찾아가야 했는데, 혜진은 방향치라 오디션 장소를 찾아가는 것만도 보통 일이 아니었다. 구글 맵도 없던 때라 가장자리가 닳아 꼬깃해진 종이 지도를 들고 오디션 장소를 찾아다녔다.

어렵게 목적지에 도착해도 끝이 아니었다. 이미 30, 40명이 오디션을 보려고 대기하는 경우가 많았다. 순서를 기다리다 보면 다음 오디션에 늦기 때문에 여기서 기다릴 것인지, 포기하고 빨리 다른 곳으로 이동할 것인지도 얼른 판단을 내려야 했다. 한혜진은 매번 어떤 오디션에서 나를 발탁할 확률이 더 높을지를 가늠하며 장담할 수 없는 가능성에 시간과 체력을 걸어야 했다.

막상 오디션에 걸리는 시간은 약 1~2분 정도로, 순식간에 끝난다. 모델은 포트폴리오를 보여주고, 심사위원들이 모델의 서있는 자세나 워킹 정도를 점검하는 게 전부다. 간단하지만 이미 검증된 유명한 모델들에게까지 예외 없는 절차다. 심지어 한 디자이너의 쇼에 몇 년 동안 선 적이 있는 모델이라도 신인과 똑같이 캐스팅 장소에 모여 오디션을 봐야 한다. 날고 기는 새로운 신인들이 많기도 하고, 모델의 몸이 변하지 않았는지 확인하는 과정이 필요하기 때문이다. 아무리 얼굴이 알려진 톱모델이라도 쇼에 세우기 전에 몸매가 변하지 않았는지, 관리가 제대로 되어있는지 디자이너가 확인한다. 모델이란 유명해지더라도 끊임없이 몸으로 증명하고 인정받아야 하는 직업이기 때문이다.

"사실 매일매일 한국에 돌아오고 싶었어요. 눈 뜨면 내가 왜 여기에 있지? 한국의 내 방, 내 침대에 누워 있는 꿈을 계속 꾸는 거예요. 그런데 실제로 눈을 뜨면 2층 침대의 철제 프레임이 보여요. 집에 가고 싶어서 눈 뜨자마자 엄청 운 적도 많아요."

낯선 곳에서 외로움과 싸우며 새로운 환경에 적응해야 하는 일은 힘들었지만, 그 과정에서 한혜진이 얻어낸 성과는 실로 놀라웠다. 오디션을 보러 가자마자 다음 날부터 캐스팅이 되기 시작했고, 뉴욕에 도착한 첫 시즌에 30개의 쇼에 올랐다. 국내 모델의 해외 진출 케이스가 거의 없던 시절이라 한국 패션계에서도 충격적일 정도의 쾌거였다.

전 세계 모델이 다 모이는 뉴욕 컬렉션에서 동양인 모델의 수요는 여태껏 거의 없다고 해도 좋을 정도였다. 사실상 세계적인 패션 디자이너나 소비층 자체가 백인들이 많다 보니 옷 자체를 그쪽에 맞춰 만들 수밖에 없다. 그러니 뉴욕에 진출한 아시아계 모델 자체도 적고, 그 모델들끼리의 경쟁도 어마어마하게 치열했다. 그 와중에 한국인 모델한 명이 그렇게 많은 쇼에 오른다는 것은 대단한 일이었다. 한혜진은 당시 외국에 있었기 때문에 국내 반응은 실감할 수 없었지만, 한국에 들어왔을 때 하이 패션 매거진 단독 커버를 찍으면서 해외 진출의 여파를 실감할 수 있었다. 대부분 외국 배우나 모델이 장식하던 자리를 동양인 모델이 차지한다는 것은 파격적인 일이었기 때문이다. 한혜진은 걸음마다 최초의 가능성을 증명해내고 있었다.

세계 4대 컬렉션에 서다

한혜진에게도 기억에 남은 독특했던 쇼가 있다. 그중 하나는 모델들이 쇠파이프에 스피커를 달고 어깨에 짊어진 채로 걸었던 2007년 빅터&롤프 쇼다. 당시 오디션에서는 포트폴리오는 보지 않고 워킹부터 시켰고, 나막신처럼 생긴 나무 구두를 신고 쇠파이프로 된 지게 같은 걸 메라고 했다. 처음엔 제대로 걸을 수도 없었는데 그 자리에서 몇 번을 연습해 천천히 걷는 데에 성공했고, 성공한 모델들만 무대에 오를 수 있었다. 그런데 실제 쇼에서는 등에 져야 하는 파이프가 더 무거워졌다. 옷마다 다른 배경음악을 쓰기 위해서 모델이 스피커를 지게 했고, 쇠파이프에는 모델을 쏘는 조명이 달려 있어 부피도 상당했다. 덕분에 모델들이 각자의 공간을 만들어 걸어야 했던 특이했던 패션쇼였다.

　또 하나는 입생로랑 쇼다. 오디션에서 20cm 하이힐을 신고 잔디밭 위를 걸었는데, 실제 패션쇼에서 꽃길 위를 걸어야 했기 때문이었다.

일반인에게는 다소 난해하게 보이는 의상일지라도, 한혜진은 모델의 소임이란 디자이너가 보여주고자 하는 의도를 구현하고 표현해 주는 것이라고 생각한다. 그래서 늘 주어진 무대에서 최선을 다하려 노력했고 그 노력은 놀라운 결과로 이어졌다.

전 세계 패션계의 이목이 집중되는 무대이자 최고의 전성기를 보내고 있는 전 세계 모델들이 한데 모이는 런웨이. 바로 세계 4대 컬렉션이라 불리는 뉴욕, 파리, 밀라노, 런던의 컬렉션이다. 이 컬렉션에 캐스팅된 모델들은 뉴욕에서 런던, 밀라노, 마지막으로 파리까지 4개 도시에 차례로 이동하며 각 쇼에 선다. 그리고 이 컬렉션에서 소개된 패션이 전 세계 곳곳으로 퍼져나가며 그 해의 유행이 만들어진다.

동양인이 외국 무대에 서는 것 자체가 흔치 않았던 시기, 2008년 뉴욕에서 한혜진은 안나수이 패션쇼 피날레의 선두에 서서 걸었다. 지구 반대편에서 온 이방인 모델이 피날레 무대의 선두에 서서 걷는 것은 파격적인 일이었다. 패션쇼에 오르는 옷 하나하나가 디자이너에게는 모두 소중하고 의미 있는 의상들이지만, 쇼의 처음인 오프닝과 마지막 하이라이트인 피날레는 쇼에서 가장 중요하게 여겨지는 부분이다. 오프닝과 피날레에 선보이는 의상은 디자이너가

의도한 그 시즌의 테마를 보여주기 때문이다. 당연히 디자이너의 의상을 가장 잘 소화하고 표현해 내는 최고의 모델이 그 자리에 서게 된다. 그리고 한혜진은 당당히 그 자리를 장식했다.

디자이너의 마음을 이해하고 이를 표현해 내려 노력했던 한혜진이 잊을 수 없는 디자이너가 있다. 바로 2019년에 세상을 떠난 샤넬 수석 디자이너 칼 라거펠트(Karl Lagerfeld)다. 그는 한혜진이 모델로서 누릴 수 있는 가장 호사스러운 것들을 누리게 해준 사람이었다. 한혜진은 전 세계의 가장 핫한 도시를 만나는 크루즈 쇼에서, 베네치아 해변에서, 만리장성에서 그가 만든 옷을 입고 걸으며 멋진 순간들을 만끽했다. 2006년부터 파리에서 오랫동안 그의 무대에 섰던 만큼 그에 대한 애정도 남달랐다.

"디자이너와 모델 사이에는 단순한 고용 관계를 넘어선 그 이상이 존재한다고 봐요. 모델로서도 디자이너의 창작물을 멋지게 표현하고 싶은 욕심이 당연히 있죠. 새로운 걸 창작해 낸다는 게 얼마나 어렵고 고통스러운 일이에요. 그렇게 만들어진 옷을 짧은 시간 내에 극적으로 표현해 주기 위해서 모델이 필요한 거니까, 정말 최대치로 표현해 내고 싶었어요."

세계 4대 컬렉션에 설 정도로 뉴욕에서의 성과는 뜻깊

었지만, 한혜진은 약 4년 만에 해외 활동을 멈추고 한국으로 돌아왔다. 하고 싶었던 메이저 쇼에 다 섰고, 유명한 광고나 잡지 화보도 다 찍었으니 애초에 목표했던 만큼은 충분히 이루었다고 생각했다. 무엇보다 죽을 만큼 외로웠다. 가족과 친구들이 그리워서 번 돈을 고스란히 한국을 오가는 비행기 표에 쏟아부을 정도였다. 쓰러지듯 잠이 들었다 일어나면 하루가 다 지나있었고, 그게 유일한 휴식이었다. 뉴욕에서 충분히 화려한 여가를 즐길 수도 있었지만, 그런 시간을 함께하고 싶은 사람들은 전부 한국에 있었다. 평소 모험가 타입이 아니라 익숙한 일상을 사랑하고, 오래 만나온 사람들과의 관계를 소중히 여기는 혜진으로서는 낯선 생활을 오래 지속하는 게 오히려 에너지 소모였다. 조금 더 하면 더 좋은 성과를 얻을 수 있지 않겠느냐고 아쉬워하는 사람들도 있었지만, 스스로 얻은 성과에 대해 이미 만족했고, 앞으로 더 중요한 것은 사람이라고 생각했다.

한혜진의 성공은 개인의 성취를 넘어 후배 모델들에게 동양인 모델이 해외에 진출할 수 있다는 가능성을 열어준 첫걸음이었다. 한혜진은 누구도 가보지 않았던 길에 먼저 다녀와 그 세계에 대한 경험담을 전해주고, 후배들이 조금 더 수월하게 나갈 수 있도록 길잡이가 되어주었다. 지금은 많은 한국 모델이 세계의 런웨이에 서고 있다. '한계는 두드리는 자에 의해 깨진다'는 것을 몸소 증명해 낸 셈이다.

모델의 오늘과 내일

모델이라는 직업은 큰 키와 마른 체형, 작은 얼굴, 긴 다리와 같은 신체 조건이 최우선으로 중요하다. 크고 말라야 많은 사이즈와 길이의 의상을 소화할 수 있고, 그래야 설 수 있는 무대의 스펙트럼이 넓어지기 때문이다. 모델은 옷걸이 역할이기 때문에 개성이 강한 몸매보다는 옷을 입는 데 최적화된 단순하고 면적이 작은 몸을 선호할 수밖에 없다.

한혜진은 타고난 신체 조건이 좋았다. 태어난 순간부터 한순간도 또래보다 키가 작은 적도, 마르지 않은 적도 없었다. 갓난아기 때는 엄마가 살보다 가죽을 붙잡고 씻겨야 할 정도라 이 아이가 제대로 살 수 있을까 걱정했다고 한다. 타고난 조건이 모델에 적합해 모델이 되었으니, 어찌 보면 날 때부터 혜택을 받았다고 볼 수도 있겠다. 하지만 변하지 않는 것은 없고, 체형 역시 그랬다. 한혜진은 끊임없이 자신의 외형을 관리하고 유지해야 했고, 자연히 일상의 모든 순간이 모델로 살기 위한 시험대가 됐다.

"저는 지구상 어떤 직업도 패션모델만큼 불꽃 같은 직업이 없는 것 같아요. 가장 아름다울 때 누구도 범접할 수 없는 완벽한 모습으로 활활 타올랐다가 나이가 들면서 한순간 산화되어 버리는 듯한 느낌을 받는 직업이 모델 말고 또 있을까요."

한혜진은 모델은 결국 '껍데기로 해내는 일'이라고 말한다. 자조적으로 들릴 수도 있지만, 모델은 나이와 능력이 함께 발전하기 어려운 직업이다. 외형적인 조건으로 해내는 일인 만큼 물리적인 타격을 많이 받을 수밖에 없고, 노화하는 인간의 신체로는 오래 지속하기 어렵다.

"나를 캐스팅하는 사람들이 마른 몸을 원하는데 어떻게 살을 찌우겠어요. 그런데 패션계에서 마른 모델을 왜 기용하는지 생각해 보면 결국 일반 구매층이나 대중이 마른 몸을 원하기 때문이거든요. 일종의 먹이사슬이죠. 최상위 포식자는 결국 대중이에요. 대중에 맞추다 보니까 저희처럼 피라미드 맨 밑바닥에 있는 사람들은 그 기준에 맞출 수밖에 없어요. 모델들이 '갑'인 것 같지만 갑을병정 중에서도 '정'이거든요."

요즘은 다양성을 존중하는 시대인 만큼, 대중이 원하는 신체에도 변화가 일어나고 있는 것처럼 보인다. 완벽한 몸에 대한 일률적인 기준이나 잣대보다는 각자의 매력을 최대화할 수 있는 패션에 대한 관심이 높아지는 추세다.

한혜진은 화보나 쇼핑몰 사진은 조명 기구, 헤어, 메이크업 등 수많은 전문가의 손길을 거친 가장 드라마틱한 모습이기 때문에 사람들이 이와 비교하며 실망할 필요가 없다고 말한다. 내 모습은 얼마든지 노력을 통해 바꿔나갈 수 있다. 스스로 만족하는 내 모습을 가꾸고 나를 사랑하는 것. 그것이 내 몸에 대한 보다 바람직한 자세가 아닐까.

"저도 원래는 마른 몸이니까 운동할 필요가 없다고 생각했어요. 옷을 소화하기에도 무리가 없었고요. 그런데 나이가 드니까 몸이 안 좋은 쪽으로 변하는 걸 느꼈고, 자연히 운동을 시작해야겠더라고요. 그러다 보니 어느 순간 몸에 대한 관점이 바뀌었어요. 비쩍 마르기만 한 어린 시절의 몸보다 나이 든, 운동으로 가꿔진 지금 몸이 훨씬 마음에 들어요. 세상에서 제 의지로 바꿀 수 있는 게 몸밖에 없더라고요."

17세에 데뷔한 후 지금까지도 모델 활동을 하고 있을 줄은 몰랐지만, 긴 시간을 모델이라는 직업과 함께하다 보니 자연히 아름다운 몸의 지향점에 대해서도 고민을 하게 됐다. 사람에게 각기 주어지는 신체 조건은 다르지만, 우리 몸에서 부족하다고 생각하는 부분은 얼마든지 바꾸고 만들어나갈 수 있다. 오히려 정신적인 성과는 눈에 보이지 않지만 몸은 물리적으로 눈에 보이고 만져지기 때문에 변화에 따른 더욱 분명한 만족감을 준다. 눈으로 볼 때 내가 만족스러우면 그만큼 자존감도 오를 수밖에 없다.

한혜진은 여전히 모델로 살아가는 자신의 매 순간을 사랑한다. 특히 모델로서 어떻게, 얼마나 오랫동안 지속해 나갈 수 있는지 본보기가 되어 후배들에게 좋은 영향을 주고 싶다는 욕심이 크다. 한혜진이 방송을 하면서도 모델 일을 놓지 않는 이유도 그 때문이다. 선배인 자신이 현역에서 오래 활동한다면 모델의 수명이 얼마나 연장될 수 있는지 보여주는 셈이고, 이는 후배들에게 큰 위안이 되지 않을까.

'모델은 무명이 없다. 단, 매 순간이 시험이다'라는 말이 있다. 끊임없이 런웨이라는 시험대에 나를 올리는 것은 내 몸으로 내 역사를 만들고 자신을 사랑하는 과정이었다. 어떤 불꽃은 한순간 타오르고 꺼지는 것이 아니라 오히려 점점 아름답고 단단해진다. 이 사실은 비단 모델만이 아닌 모두가 내일을 살아가는 데 꼭 필요한 믿음일 것이다.

02

모난 돌이 되는 것을
두려워하지 마세요

🌾 신념을 지키는 방법

표창원

대한민국을 대표하는 프로파일러. 경찰청 범죄심리분석 자문위원, 대테러협상실무 자문위원 등을 역임하면서 중요 강력 범죄 사건 및 미제 사건에 대한 수사 분석을 지원했고, 〈그것이 알고싶다〉 등 시사 프로그램에서 범죄분석에 대한 조언을 하고 있다. 2012년 12월, 제18대 대선 당시 불거진 국정원의 여론 조작 의혹 사건의 철저한 수사를 지속적으로 촉구하기 위해 경찰대학 교수직을 사임했다. 그로부터 3년 뒤인 2015년 12월, 새정치민주연합에 입당해 2016년 제20대 총선에서 국회의원으로 당선되었다. 4년간의 의정활동 후 차기 총선 불출마를 선언하고 탈당한 뒤 정치에서 은퇴했다. 이후 '표창원범죄과학연구소'를 개소해 프로파일러로서 활발한 활동을 이어나가고 있다.

"법과 질서를 지키는 것이
 우리 경찰들의 임무다.
 다만 저들도 자신의 일을 한다고 생각하자.
 저들은 우리나라 국민을 위해서,
 민주화를 위해서 나선 것이다.
 서로 방식과 입장이 다를 뿐,
 서로를 적으로 삼아서는 안 된다."

우리는 '법은 언제나 공정하게 지켜져야 한다'고 생각하지만, 현실은 그렇지 않다. 간혹 법과 질서가 일반 시민들이 아닌 권력을 가진 강자들을 위해 존재하는 것처럼 불합리하게 여겨질 때도 있다. 하지만 이미 견고한 벽을 쌓아 올린 세상을 향해 다른 목소리를 내는 것은 쉬운 일이 아니다. 돈, 권력, 인간관계가 우선시되는 순간에는 원칙에 기반한 주장이 배척받기도 하고, 때론 소수의 정당한 선택이 다수에 밀리기도 한다. 하지만 표창원은 꿋꿋이 사회를 향해 소신 있는 발언을 던지며 균열을 만들어 갔다. 그는 둥글게 살면 편한 세상에서 굳이 모난 돌로 사는 사람이다.

민주화 운동 한복판에서 경찰로 산다는 것

표창원은 경찰부터 경찰대 교수, 범죄연구소 소장, 그리고 국회의원까지 여러 직업을 거쳐왔다. 그가 경찰대에 입학한 것은 1985년도였다. 1980년대 후반은 전두환의 군사정권 아래에서 민주화를 요구하는 시위가 끊이지 않던 시기였다. 정권은 독재에 저항하며 시위하는 대학생들을 폭력으로 탄압했고, 그 전투의 최전선에는 바로 경찰이 있었다. 당연히 당시 시민들에게 경찰에 대한 이미지가 좋을 리 없었다. 그러니 표창원이 경찰대에 가기로 결정하자 주변의 만류가 상당했다. 친구들 중에는 그가 경찰대에 진학했다는 이유로 연락이 단절된 경우도 있었다.

실제로 경찰대에 재학 중이던 1987년 1월, 박종열 열사가 경찰의 물고문에 사망하는 일이 있었고 같은 해 7월에 이번엔 이한열 열사가 경찰의 최루탄에 사망했다. 경찰대에 다니고 있는 것만으로도 죄를 짓고 있다는 느낌이 드는 시기였다. 경찰대 제복을 입고 다닐 때면 자신을 향해 쏟아지는 적대적인 사회적 분위기를 피부로 체감할 수 있을 정도였다. 한번은 연세대 앞에서 약속이 있어 그 앞에서 친구를 기다리고 있었다. 그런데 마침 그 옆을 지나가던 시위대 무리에서 한 고등학교 동창이 눈에 띄었다. 반가운 마음에 아는 척을 하려는데 그 친구가 돌연 소리쳤다.

"짭새다!"

순식간에 그 시위대가 달려와 표창원을 때리고 밟으며 구타를 했다. 하지만 박종철 열사가 사망한 지 얼마 안 되었을 때라 그 친구들을 미워하거나 원망할 수 없었다. 그들은 때릴 권리가 있고 자신은 맞을 의무가 있다고 생각했다. 심각한 부상을 입진 않았으나 마음이 아픈 것은 어쩔 수 없었다. 같은 또래인데도 경찰이라는 신분만으로 타도의 대상이 되었다는 게 안타깝고 또 죄스러웠다.

표창원이 경찰대를 졸업한 1989년은 민주화 항쟁이 끝난 시기였지만 강권 통치에 대한 불만으로 여전히 학생 운동의 바람이 거셌다. 표창원이 당시 전투경찰대, 이른바 전경대에서 처음 맡게 된 임무도 시위 진압이었다. 원래 전경대는 해악이나 산악, 중요 시설 경비 등을 맡지만 시위의 규모가 크고 빈번하다 보니 전부 시위 진압에 투입되었던 것이다. 표창원은 시위 현장에서 최대한 벗어나고 싶어 제주도로 발령을 신청했지만, 제주 전경대에 부임하자마자 서울로 파견되어 다시 서울 시위 현장으로 돌아오게 됐다. 당시 시위가 가장 많았던 곳은 명동이나 신촌 같은 대학가와 시내 중심가였다. 시위 현장을 둘러싸고 서울 최정예 기동대가 1선을 지키고 그다음을 서울 일반 기동대, 광주 기동대 등이 이중, 삼중으로 둘러싸고 있었기에 제주 파견 전경대는 대규모 시위대와 마주칠 일이 많지는 않았다. 하지만 상대적으로 시위 진압 경험이 적은 5선 부대가 만만한 상대로 여겨지다 보니 학생들의 기습에 돌을 맞고 실려 가기도 했다.

표창원은 경찰대학 4년을 졸업하고 소대장으로 기동대에 가 있었지만, 또래 친구들은 군대를 갔다 와서 여전히 학생으로 시위대에 있으니 마음이 더 복잡했다. 이들 역시 업무 교대 후 퇴근해서 제복만 벗으면 평범한 청년이었다. 일상에서는 가릴 것 없이 어울렸을 또래들인데 시위 현장에서는 서로가 적이 되어있었다.

우리는 적이 아니다

당시 학생 운동을 하던 쪽의 입장은 많이 알려져 있다. 그렇다면 학생 운동을 상대로 그들을 진압해야 하는 경찰 내부의 분위기는 어땠을까. 전경대 경찰 대부분이 애초에 학생들의 시위 진압을 위해 전경대에 온 것이 아니었다. 보통 입대를 했다가 본인의 의사와 상관없이 차출되거나, 경찰 보조 업무를 하면서 군 생활을 하러 왔다가 시위 진압을 맡게 되었기 때문에 각자의 입장과 생각도 다양했다.

"강경파인 친구들은 시위하는 사람들을 범죄자로 보기도 했어요. 대학생이 왜 공부는 안 하고 시위를 하느냐는 생각인 거죠. 특히 경찰에게 돌 던지고 화염병 던져서 동료들이 다치고 쓰러지는 걸 보다 보니 점점 더 적대감이 차오르는 거예요. 온건파 쪽에서는 본인이 얼마 전까지 시위를 하다 온 경우도 있고, 과연 내가 여기서 하는 일이 옳은가를 고민하면서 괴로워하는 친구들도 있었죠."

그래서 소대장이었던 표창원은 내무반에서 대원들과 함께 일종의 시국 토론을 자주 했다. 시위는 왜 일어나고, 우리는 어디까지 대응해야 할까. 시위 진압의 정당성에 대해 표창원 자신의 갈등과 고민도 있었기 때문에 그런 주제로 자주 대화를 하고 생각을 공유하며 서로의 부담을 덜어 주었다.

그런데 그 무렵에 사건이 하나 발생했다. 화성 병점 사거리에 경찰 검문소가 있었는데, 시위대가 화염병으로 기습 공격을 해서 그 검문소가 전부 불타버린 것이다. 다행히 인명 피해는 없었지만 경찰 수뇌부가 격노하여 체포조 운영을 지시했다. 체포조는 시위 가담자의 현장 체포를 임무로 맡는 사복 경찰들인데, 당시 화성 지역에는 체포조가 없었다. 그런데 이 사건으로 체포조를 꾸려 어떻게든 한 명이라도 반드시 잡아 오라는 지시가 떨어진 것이다.

일단 명령을 이행해야 하니 표창원은 대원들의 맨 앞에 서서 시위 장소로 갔다. 이쪽에선 돌이 날아오고 저쪽에서는 최루탄이 날아가는 와중에 누구라도 잡아 오라고 하니 할 수 없이 최선봉에서 "자, 나를 따르…"까지 말했는데 눈앞이 깜깜해졌다. 얼굴에 날아오는 돌을 정통으로 맞아 첫 출동에 그대로 기절해 버린 것이다. 이후 어떻게 눈을 뜨긴 했는데 얼굴 반쪽에 아예 감각이 없었다. 얼굴 상태가 걱정되어서 경악한 표정으로 지켜보고 있는 대원들에게 "내 얼굴 어때?"라고 묻는데 아무도 대답하지 않았다.

구급차에 실려서 병원에 갔더니 코뼈가 부러지고 한쪽 얼굴은 출혈로 부어올라 형체를 알아볼 수 없는 지경이었다. 결국 수술 후 치료를 받으며 회복하고 있는데, 병실에

간부 한 명이 찾아와서 소대원들의 소식을 전해줬다. 소대장의 부상에 분노한 소대원들이 외출을 나가 학생들을 습격할 복수 계획을 세우고 있다는 것이다. 이제 원칙이든 정당성이든 중요하지 않고, 이 사건으로 전 부대원이 학생들을 적대시하는 강경파로 선회하게 된 셈이었다. 표창원은 이를 막아야겠다는 급한 마음에 병원에서 붕대도 채 풀지 않고 부대로 달려와 복귀했다. 그리고 그 상황에서 내켜 하지 않는 소대원들에게 다시 '토론을 하자'고 제안했다.

> "그때 했던 얘기의 골자는 이런 거였어요. '우리는 떳떳하다. 법과 질서를 지키는 게 우리의 임무이고, 시위 진압도 피할 수 없는 임무의 일부이니 갈등 느끼지 말고 당당하게 해라. 다만 저들도 자신의 일을 한다고 생각하자. 저들도 우리나라 국민을 위해서, 민주주의를 위해서 신념을 지키기 위해 나선 것이다. 서로 방식과 입장이 다를 뿐이고, 그 과정에서 서로 상처를 입힐 수도 있지만 그렇다고 서로를 적으로 삼아서는 안 된다. 그걸 잊지 말자'는 얘기를 했죠."

경찰은 국가를 유지하기 위해, 시위 현장에 있는 그들은 민주화를 위해 싸울 뿐이었다. 원칙적인 이야기였지만 혼란스러운 상황 속에서 찾을 수 있는 유일한 답이기도 했다.

경찰에 대한 불신의 뿌리

경찰과 시민이 대립해 온 오랜 기억 때문인지, 국민의 경찰에 대한 인식이 좋지만은 않다. 경찰을 오히려 부패와 비리의 상징처럼 보기도 하고, 경찰의 역할을 의심하거나 존중하지 않는 시각도 많다.

사실 이러한 인식의 시작은 일제강점기의 친일 경찰로 거슬러 올라간다. 제2차 세계대전 후의 유럽에서는 나치 부역자들을 용서하지 않았고, 그들에게 어떤 능력이나 기술이 있든지 상관하지 않고 전부 처벌하며 사회에서 배제했다. 그런데 일제강점기 후의 우리나라는 달랐다. 해방 이후 즉시 이념 대결이 시작되면서 미군정에서는 우리 사회를 통제하기 위해 그들의 친일 행적보다는 경찰로서의 경험과 기술을 더 중요시했다. 그래서 독립운동가들을 고문했던 악명 높은 친일 경찰을 다시 채용하는 경우까지 있었다.

이렇듯 친일 경찰이라는 인식이 씻겨나가지 않은 상황에서 반민족행위특별조사위원회 와해나 독재에 대한 부역 등의 행보가 더해져 경찰에 대한 불신이 더욱 깊어지게 된 것이다.

"제가 경찰대를 다닐 때도 저희 또래들은 과거 우리 선배들이 했던 행위에 대한 원죄 의식을 느끼고 있었어요. 우리가 한 것은 아니지만 경찰이라는 집단이 행한 일이기에 그냥 우리의 원죄로 받아들이고 경찰에 대한 불신도 어느 정도 감수해야 한다는 마음이 좀 있었죠. 대신 그런 과거를 씻기 위해서 어떻게든 더 노력을 해야 한다고 생각하고요."

표창원은 부정적인 경찰의 이미지를 알고 벗겨내고자 노력해 왔기에, 그러한 노력을 무너뜨리는 사건들이 일어났을 때는 더욱 답답하고 마음이 아팠다. 2012년 일명 '국정원 여론 조작 사건'이 일어났을 때, 경찰은 정보기관의 불법 행위 앞에서도 권력에 밀려 얇은 문 하나 열지 못했다. 이는 경찰의 존재 의미와 정당성을 스스로가 내려놓은 행위라고 생각했다. 당시 표창원은 경찰이 국민의 신뢰를 받을 수 있도록, 과거를 청산하는 의미에서라도 명백하게 진상 규명을 해야 한다고 주장했지만, 경찰 내부에서는 배신자 취급을 받을 뿐이었다.

이어 2015년 민중총궐기 시위에서 경찰의 물대포에 맞아 쓰러졌다가 사망한 백남기 농민 사건 역시 국민에게 폭력적으로 대응하던 과거 경찰들을 떠올리게 했다. 이런 모습들 때문인지 미디어에서도 경찰을 부패의 상징과 같은 캐릭터로 다루는 경우가 많고, 그러한 이미지가 경찰에 대한 부정적인 인식을 강화하는 영향을 낳기도 했다.

국민의 경찰에 대한 신뢰가 회복되기 위해서는 경찰 스

스로가 긴 시간을 들여 바꿔나가고, 직접 보여주는 수밖에 없지 않을까. 경찰은 법의 실행자일 뿐, 모든 법의 기초가 되는 헌법은 국민이 정치를 통해 만든다. 결국 경찰의 힘은 국민에게서 나온다. 현재 국민이 경찰의 공권력 강화에 대해 부정적으로 생각하는 것은 경찰이 어떤 정권의 대변자라는 인식, 또 권력자에 약하고 약자에게는 강하다는 인식 때문일 것이다. 하지만 시민을 위한 치안 강화 측면에서 경찰의 공권력은 오히려 시민들이 가장 믿고 의지할 수 있는 힘이 된다. 필요한 건 경찰이 공권력을 국민을 위해 언제나 정당하고 올바르게 쓸 것이라는 믿음을 주는 일이다.

열혈 청년 수사관

경찰대 졸업 후 2년을 시위 현장에서 보내고 마침내 일선에 배치되자마자 표창원은 서장님께 자신을 형사과로 보내달라고 졸랐다. 경찰대에 갈 때부터 수사를 하는 게 꿈이었는데 드디어 현장에서 뛰게 됐으니 의욕만큼은 최고였다. 형사과장님은 아무 경험도 없는 이 열혈 청년에게 형사계 구석에 책상을 하나 놓고 구색만 맞춰주었는데, 표창원은 사흘 정도 멀뚱멀뚱 있다가 슬그머니 다른 형사들을 따라다녔다. 처음에는 짐만 되는 처지였지만 점점 트레이닝을 받으면서 업무에 적응해 나갔다. 이때 정식으로 수사했던 첫 사건이 바로 전국적으로 화제가 되었던 1992년도 '시험지 도난 사건'이었다.

대학 입시 시험이 치러지기 전날, 전국 모든 시험장에 입시 시험지가 배달되었는데 그중 한 대학교에 누군가 침입해 시험지를 훔쳐 갔고, 대입 시험일이 무기한으로 연기되었다. 당시 표창원은 형사 수사반장으로 이 사건을 담당했는데, 결론부터 말하자면 이 사건은 미제로 남고 말았다.

수사를 진행하며 범인이라고 생각되는 사람을 잡기는 했다. 시험지에 접근할 수 있는 사람을 추려 최초 신고자인 경비원을 조사하던 중, 경비원이 지명수배자였다는 사실이 드러났다. 지명수배 중이니 일단 체포한 뒤 그를 채용한 경비과장에 대해서도 조사했는데, 경비원과 경비과장이 대전 출신이라는 것을 알아냈다. 연이어 두 사람이 특정 건설업체와 관련이 있다는 사실, 건설업체 대표가 경비과장의 동생이었다는 것, 그리고 그 건설업체가 조직 폭력배가 운영하는 회사라는 것까지 밝혀지면서 배후가 드러나는 듯 보였다. 조폭 동생에게 거액이 필요해지자 경비과장이 자신이 채용한 경비원을 사주해 시험지를 빼돌린 것이 아닐까.

어느 정도 그림이 그려지자 일단 경비과장의 신병을 확보해야겠다 싶어 긴급 출동을 했는데, 도착했을 때 그는 이미 목을 매고 자살한 뒤였다. 수사의 꼬리가 완전히 끊겨버린 것이다. 그래서 수사 팀은 직접 시험지를 훔친 것으로 의심되는 경비원을 통해 증거를 확보하려 했다. 경비원은 순순히 시험지를 훔쳤다고 인정하며 자백했다. 문제는 그 다음이었다. 훔친 시험지가 어디 있느냐고 물으니 경비원은 처음에는 뒷산에 버렸다, 며칠 뒤에는 학교 화장실에 버렸다, 또 며칠 뒤에는 쓰레기통에 버렸다며 진술을 번복했다. 그 사람이 말하는 곳마다 경찰력을 총동원해 증거물을 찾으려 했으나 결국 시험지는 나오지 않았다.

헌법상 본인에게 불리한 자백만이 유일한 증거일 경우에는 유죄로 체포할 수 없기 때문에 경비원을 용의자로 지목하려면 증거가 꼭 필요했지만, 다른 정황상의 증거를 어떻게든 끌어모아 검찰에 송치를 시켰다. 하지만 그가 검찰에 가서 '경찰의 가혹행위로 허위 자백을 했다'고 말하면서 최종적으로는 증거가 없어 무죄 판결이 났다.

약 3개월 동안 집에도 못 들어가고 책상 위에서 쪽잠을 자며 수사했는데, 여러 정황에도 불구하고 결국 미제 사건이 되었으니 '내가 할 수 있는 게 아무것도 없다'는 무력감이 들었다. 표창원은 수사를 제대로 공부를 해야겠다 싶어 영국 유학을 마음먹었고, 1993년부터 1997년까지 영국에서 공부해 박사 학위를 취득하고 돌아온 후 경찰대 교수로 부임해 프로파일러로서 활동하게 됐다.

신념과 아버지 사이에서

표창원이 경찰대학 교수로 강의를 하던 2012년, 국가정보원 요원들이 인터넷에 게시글을 남기며 선거에 개입했던 '국정원 여론 조작 사건'이 사회를 뒤흔들었다. 표창원은 이 사건에서 경찰의 부실했던 초동 수사를 강력히 비판했는데, 자신의 견해가 경찰대의 정치적 중립성에 부당한 침해가 될 수 있다는 이유로 교수직을 사퇴하기로 결정했다. 개인의 견해에 '경찰대 교수의 지위'가 이용될 가능성을 차단하고, 무엇에 구애받지 않고 소신 있게 자신의 견해를 밝히겠다는 의지의 표명이었다. 하지만 그 일을 계기로 경찰 내부에서는 표창원을 조직을 배신한 배신자로 낙인찍었다. 심지어 면전에서 '너 앞으로 내 눈에 띄지 마라'며 분노에 찬 말을 뱉은 후배도 있었다.

> "배신이라고 하는데 사실 저는 바뀐 게 없다고 생각했거든요. 늘 언제나 법과 원칙, 절차, 범죄에 대한 해결, 진실 규명, 정의 구현 같은 것들을 하고자 했을 뿐입니다."

표창원은 신념을 지키기 위해 소신 있게 말하고 경찰대 교수를 그만두었다. 하지만 가족들에게는 미안한 마음이 컸다. 정년이 보장되는 정교수 임용을 걷어차고 하루아침에 직장을 그만두고 나온 무책임한 가장이 되어버렸기 때문이다. 표창원의 성향을 잘 아는 아내는 그럴 줄 알았다며 안아주었고 고등학생 딸은 '아빠답다'며 넘겼지만, 어린 아들은 경찰대 교수인 아버지가 자랑스러웠던지 일을 그만 뒀다고 하니 서럽게 펑펑 울었다.

범죄 관련 일을 하다 보니 가족들이 위협을 받는 일이 많아 더욱 미안했다. 연쇄살인범이 가족을 해치겠다며 교도소에서 편지를 보내거나 딸과 아내의 신상을 읊으며 '내가 평생 교도소에 있을 것 같으냐'고 협박을 해오기도 했다. 그래서 표창원은 아이들의 안전 교육에 집착 수준으로 신경을 썼다. 물론 여기에는 아동 대상 범죄 사건들을 많이 접한 영향도 컸다.

아이들이 어렸을 때는 길에서 모르는 사람이 접근하면 절대 따라가지 말라고 신신당부를 했다. 누가 와서 길을 묻거나 사탕을 준다고 해도 절대 손을 잡거나 따라가면 안 된다고 가르친 후에, 15분쯤 후 실제로 유사한 상황을 만들어 본다. 경찰 관사에서 살았던 때라 동료에게 범인 역할을 부탁해 아이에게 접근하게 했다. "아저씨가 사탕 사줄까?" 하면 아니나 다를까, 아이들이기 때문에 "네!" 하고 금방 따라가려고 했다. 그때 표창원이 나타나서 "아빠가 방금 뭐라고 했어?" 하면 아이들은 그제서야 "아차!" 하면서 기억을 했다. 그렇게 같은 상황을 여러 번 반복하면서 아이들에게 낯선 사람을 따라가면 안 된다는 것을 습득시켰다.

한창 그런 교육을 하던 시기였다. 딸이 혼자 잠깐 집을 보던 중에 누군가 초인종을 눌렀다. 딸이 "누구세요?"라고 물으니 문 밖에서 성인 남성이 "엄마가 보내서 왔어"라며 문을 열어달라고 했다. 다행히 비슷한 상황에 미리 교육이 되어있었던 딸은 "그럼 잠깐 기다리세요. 제가 112에 전화를 할 테니까 경찰 아저씨들이랑 같이 들어오세요"라고 대답했다. 다행히 남성도 그쯤에서 포기하고 돌아갔고 딸이 베란다로 나가 떠나는 차 번호판을 확인했다. 그들이 타고 온 검은색 승합차에는 번호판이 없었다.

표창원이 딸에게 연락을 받고 혹시나 자신과 관련된 범죄자가 연루된 일일까 싶어 경찰서에 신고하며 유사 사례가 있는지 확인해 달라고 했더니, 승합차를 탄 남자들이 허름한 아파트를 돌아다니며 빈집털이를 하거나 아이 혼자 있는 집에서 금품을 훔쳐 갔다는 신고가 여러 건 들어오고 있다고 했다. 결과적으로 큰일은 없었지만 덜컥 심장이 내려앉았던 사건이었다. 그때 여섯 살이었던 딸이 지금은 20대가 되어 아버지를 따라 범죄심리학 공부를 하고 있다.

"저는 가급적이면 딸이 다른 일을 했으면 좋겠다고 생각하긴 했어요. 사실 이게 그렇게 즐겁거나 하기 쉬운 일은 아니거든요. 또 이 일을 하려면 공부 중이나 공부한 이후라도 반드시 현장 경험을 해야 하는데, 그 과정이 힘들다는 것을 제가 너무 잘 아니까요. 하지만 부모의 일은 국회의원의 일이랑 다르죠. 임기도 없고 부모의 바람을 발의할 수도 없으니까, 그저 내가 어떻게 하는 게 아이에게 제일 좋은 일일까 항상 고민하게 돼요. 부모가 된다는 건 참 어렵기도 하고 정답이 없는 일인 것 같습니다."

세상을 바꿀 수 있을까

경찰대 교수직을 그만두고 각종 사안에 대해 따끔한 발언을 서슴지 않았던 표창원이 가장 많이 들었던 말은 바로 '정치하려고 그러는 거지?'였다. 그러다 보니 만약 자신이 정치인이 된다면 소신을 가지고 한 행동과 말의 의도를 오해받을 수도 있겠다는 생각이 들어, SNS에 '나는 절대로 정치를 하지 않겠습니다'라는 선언까지 했다. 그런데 그렇게 선언한 지 두 달 만에 돌연 정치인의 길에 접어들어 '번복의 아이콘'이 됐다.

표창원이 정치에 입문하게 된 계기는 당시 야당이었던 새정치민주연합의 문재인 당 대표와의 만남이었다. 처음에는 정치에 관여하고 싶지 않다는 이유로 문재인 대표 측의 만남 요청을 네 번 정도 거절했다. 그런데 한번은 유명한 영화 제작자로부터 만나자는 연락이 왔다. 단순히 영화 관련 일인 줄 알고 용건을 묻지도 않고 약속을 잡았는데, 막상 나갔더니 문재인 대표를 한번 만나 달라는 이야기가 나왔다. 그가 말하길, 미리 말하면 거절할까 봐 사전에 말하지 못했다는 것이다.

결국 '만나기는 하겠지만 정치는 절대 안 할 것'이라고 못 박고, 약속 장소에 나가기 전에 아내에게도 '최종적으로 거절하고 올 것'이라고 얘기하고 문재인 대표를 만났다. 그런데 문재인 대표는 그 자리에서 딱 한 마디를 건넸다.

"도와주십시오."

다른 미사여구나 어떠한 제안도 없는 담백한 요청이었다. 뜻밖이었지만, 표창원은 도와드릴 수 있는 일이 없을 것 같다고 고개를 저었다.

"문 대표께 '제가 도움이 될 것 같지 않다'고 했더니, '정의를 계속 부르짖지 않았느냐'고 하시더라고요. '범죄 해결을 위해 평생 노력해 오지 않았습니까. 그런데 어떻습니까. 아무리 범죄자를 잡아넣어도 범죄는 또 생기지 않습니까. 그러면 그 근본을 해결하고 싶다는 생각은 안 해보셨습니까?'라고요. 사실 경찰들이 매일 고민하는 부분이죠. 그런데 그걸 근본적으로 정치를 통해 해결해야 한다는 이야기를 하시는데, 망치로 한 대 얻어맞은 기분이 들더라고요."

표창원이 범죄학자로서 평생 연구해 온 내용 중 하나가 바로 '범죄의 원인과 해결방안'에 관한 것이다. 범죄의 원인은 보통 사회의 불평등, 빈곤, 차별, 무시 같은 것인데, 경찰이 해결하기에는 역부족이다. 그렇다면 내가 현장에서 보고 듣고 배운 것을 바탕으로, 다른 방법을 통해 세상을 바꿔볼 수 있지 않을까?

정치란 근본적으로 더 좋은 세상을 만들기 위한 활동이다. 문재인 대표의 말을 듣자 범죄를 줄이는 궁극적인 해결방법도 결국 정치가 아닐까 하는 생각이 고개를 들었다. 어쩌면 정치를 통해 경찰로서 해결하지 못했던 숙제들과 구현하지 못했던 정의에 다가갈 수도 있지 않을까.

물론 이제 막 정치적인 논란에서 벗어나 안정적이고 평화로운 생활을 하고 있던 터라 정치인이 되겠다는 결정을 쉽게 내릴 수는 없었다. 하지만 표창원은 바람직한 세상을 꿈꾸는 이상주의자였고, 그런 세상을 만들 수 있다는 데 혹하지 않을 수 없었다. 결국 표창원은 문재인 대표의 제안을 수락했고, 그렇게 정치에 입문했다.

이후 그는 SNS에서 더 활발하게 각종 사안에 대한 견해를 밝혔다. 덕분에 논란이 되는 일도 많았다. 하지만 표창원은 정치인이라면 중요한 일에는 소신을 가지고 확실한 견해를 밝혀야 한다고 생각했다. 공직은 교도소 담장 위를 걸어가는 직업이라는 말이 있다. 한 걸음 잘못 내딛으면 교도소로 떨어지고, 똑바로 걷고 있어도 갑자기 불어온 바람에 밀려 교도소로 떨어질 수도 있다는 뜻이다. 예상치 못한 일로 억울할 수 있지만, 표창원은 공직이란 그런 위험까지 감수해야 하는 자리라고 말한다.

외로운 원칙주의자

어떤 일이든 스스로 납득할 수 없다면 지속하지 못하는 성정 탓일까? 표창원은 인생의 갈림길에서 몇 번이나 사표를 냈다. 그리고 그는 20대 국회의원 임기를 마치기도 전에 21대 국회의원 선거에 불출마하겠다고 선언해 화제가 됐다. 범죄 현장에서 일해 온 그에게 법은 항상 공평하게 적용되는 것이어야 했다. 하지만 일부 정치인들에게 표창원의 이런 생각이 내부 저격으로 받아들여지는 경우가 있었다. 결국 그는 현실에서 자신이 생각하는 이상적인 정치를 실현하기에는 여러 고충이 있다는 것을 깨달았다. 2022년 현재, 표창원은 다시 범죄 연구로 돌아와 범죄과학연구소 소장을 맡고 있다.

적당한 편법이나 융통성 없이 원칙과 신념을 따라 살아가는 것은 외로운 일이다. 표창원도 예전에는 친구 일이라면 발 벗고 나설 만큼 친구와 만나고 어울리는 걸 좋아했는데 경찰이 되고 나서는 친구들과 조금씩 멀어졌다. 음주운전 단속에라도 걸리면 경찰 친구인 그에게 연락이 오는데, 원칙상 개입할 수 없다는 태도로 선을 긋다 보니 점차 안 좋은 얘기가 많아지고 인간관계도 끊어지게 된 것이다.

무언가를 지키기 위해서는 또 다른 무언가를 포기해야 할 때가 있다. 신념을 고집하는 사람이 둥글둥글하게 세상을 살기란 거의 불가능한 일이다. 특히 많은 사람이 진심을 오해하며 비난할 때, 내 속을 꺼내 보여주고 싶어도 그럴 수 없으니 외롭고 괴로운 마음도 커진다. 그러나 적당히 눈 감으며 둥글게 살아가는 것보다는 아닌 건 아니라고 말하는 신념을 꺾지 않고 살아가는 것이 딸이 '아빠답다'라고 말하는 표창원다운 일일 것이다. 또한 그가 걷는 외로운 길이 의미 있는 것은, 견고한 벽에 흠집을 낼 수 있는 건 결국 둥근 돌이 아니라 모난 돌이기 때문이기도 하다.

03

넘어지는 경험은
무엇보다 값져요

🌿실패를 받아들이는 방법

강수진

대한민국을 대표하는 발레리나. 원래는 한국무용을 전공했으나, 중학생이 되면서 발레로 전공을 바꿔 1982년 모나코 왕립발레학교로 유학을 떠났다. 1985년 한국인 최초로 스위스 로잔 발레 콩쿠르에서 우승하며 세계에 이름을 알리기 시작한 그녀는 1986년 세계 5대 발레단인 슈투트가르트 발레단에 당시 최연소 단원으로 입단했다. 그 후 1994년에 발레단의 솔리스트로 선발되었고, 1997년부터 수석 발레리나로 2015년까지 활동했다. 1999년에는 무용계의 아카데미상이라 할 수 있는 '브누아 드 라 당스(Benois de la Danse)' 최우수 여성무용수상을 받았으며, 2007년에는 최고의 예술가에게 장인의 칭호를 공식적으로 부여하는 독일의 '캄머탠처린(Kammertanzerin, 궁정무용가)'에 선정되었다. 현재는 국립발레단 단장 겸 예술 감독으로 활동하고 있다.

"저는 성공을 위해서 발레를 열심히 한 게 아니에요.
한 번도 제 이름을 세상에 알리려는
노력을 한 적이 없어요.
저는 모든 공연에 임하는 마음이 다 똑같아요.
군무를 추든 솔로를 하든
누구보다 즐기고 열심히 하겠다는 생각뿐이죠.
작은 공연이든 큰 공연이든 무대는 그냥 무대예요.
저한테는 항상 똑같았어요."

과거 상처투성이의 발 사진 하나가 공개된 적이 있다. 오랜 시간 풍파를 맞으면서 성장해가는 나무처럼, 마디가 지고 울퉁불퉁 변형된 기형적인 발은 세계가 사랑한 발레리나 강수진의 것이었다. 중력에 구애받지 않는 듯 가볍게 날아오르던 발레리나의 발은 수많은 땀과 노력의 결실을 고스란히 담아내고 있었다. 나비처럼 우아하지만 단단한 정신력으로 '강철 나비'라는 별명을 지닌 발레리나 강수진. 지금은 자칭 '베이비 리더'로서 국립발레단 예술 감독으로 후배들과 함께하고 있다.

이 아이에겐 '무언가'가 있다

보통 발레는 초등학교에 들어가기도 전, 아주 어릴 때부터 시작하는 경우가 많지만 강수진은 중학교 1학년 때에야 발레를 처음 배웠다. 감수성 풍부하고 수줍은 소녀였던 강수진의 눈에는 무용수의 모습이 마치 하늘에서 내려온 선녀처럼 우아하고 아름다워 보였다. 그래서 처음에는 한국무용을 시작했다가, 어머니가 발레를 배워보는 것이 어떻겠느냐고 추천해 발레를 접하고 전공을 발레로 전향하게 되었다.

처음에는 발레에 큰 재미를 느끼지 못했다. 다른 친구

들보다 늦게 시작한 탓에 비교적 몸이 굳어있다 보니, 다들 아무렇지 않게 해내는 다리 찢기나 스트레칭도 따라가기 버거웠다. 하지만 매사에 진심으로 임했던 성실한 소녀는 자기도 모르게 발레에 빠져들고 있었다. 그때부터는 인생 전체를 발레와의 사랑에 던져 넣었다.

설리번 선생님이 보고 듣지 못하던 헬렌 켈러를 세상과 연결해 주었듯, 발레에 무지했던 강수진을 본격적으로 그 길로 이끌어 준 고마운 사람이 있다. 바로 모나코 왕립 발레 학교의 교장이자 세계적인 무용수들을 키워낸 거장 마리카 베소브라소바(Marika Besobrasova) 선생님이다.

마리카 선생님은 강수진이 다니던 중학교에 오디션 겸 클래스를 하러 왔다가 수진을 보고는 부모님께 연락해 '날 믿고 모나코로 유학을 보내 달라'며 부탁했다. 부모님은 딸을 연고도 없는 외국으로 보내도 괜찮을지 심각하게 고민했지만 마리카 선생님이 '제가 맡을 테니 걱정하지 마시고 꼭 보내 달라'며 여러 차례 간곡하게 설득하자 결국 강수진의 유학을 결정했다.

마리카 선생님은 발레를 시작한 지 얼마 되지 않은 어린 여학생에게서 무엇을 본 것일까? 후에 그는 강수진에 대해 '10만 명 중 하나 나올까 말까 한 아이'였다고 인터뷰했다. 기본기나 테크닉은 부족했지만 강수진에게는 타고난 'It'이 있었고, 그걸 알아봤기 때문에 반드시 좋은 발레리나가 되리라 믿었다고 했다. 그렇게 강수진은 발레를 시작한 지 겨우 2년 만이었던 1981년 12월, 15세에 모나코로 유학을 가게 됐다.

언어도 안 통하는 그곳에서 모든 게 힘겨울 수밖에 없었다. 강수진의 눈에 또래 친구들은 이미 날아다니는 것처럼 보였고, 항상 맨 뒷줄에 서서 친구들의 등만 쳐다보며 수업을 들어야 했다. 하지만 그때도 마리카 선생님이 외로운 타국에 홀로 온 강수진을 따뜻하게 보듬어 주셨다.

"마리카 선생님이랑도 처음엔 언어가 다 통하지 않는데도 제가 레슨을 받을 때 힘들어서 울면 다 받아주시고 토닥여 주셨어요. 그리고 제가 향수병이 너무 심해져서 힘들어하자 선생님이 당신 집으로 저를 데려가셨어요. 그런 게 너무 소중한 기억들이에요. 선생님이 그렇게 따뜻하게 대해주시고 사랑해주는 느낌을 받으니까 '그래, 여기에서 한번 해보자' 그런 마음이 들더라고요. 그때부터 제대로 마음 잡고 연습을 시작했어요."

몸을 아끼지 않는 강수진의 노력은 그때부터 시작됐다. 또래의 수준을 따라잡기 위해서 모두 잘 때 옥상에 올라가 달빛을 조명 삼아 연습하기도 했다. 발에 감각이 없어질 정도로 혹독한 훈련을 한 탓에 어떨 땐 토슈즈를 신지도 못했다. 한번은 공연을 앞두고 엄지발톱이 살 속에서 곪아 토슈즈에 발을 넣는 게 너무 고통스러웠다. 그걸 본 마리카 선생님이 토슈즈 안에 부드러운 안심 고기를 사서 넣어보라고 알려주셨다. 당장 공연을 해야 하니 어쩔 수 없이 고기를 넣고 무대 위에 올랐는데, 무사히 공연이 끝나고 나니 슈즈가 고기에서 나온 핏물로 물들어 있었다. 이렇듯 상상하기 어려운 노력과 고통이 있었지만 그래도 발레가 좋았다. 그 마음이 컸기에 현실적인 어려움을 견디고 이겨낼 수 있었다.

무명 시절을 겪으면서

마리카 선생님은 수진에게 발레뿐 아니라 그 이상의 많은 것을 알려주셨다. 마리카 선생님은 '인간성이 발레를 만든다'고 말하면서, 발레는 스텝에서 나오는 것이 아니라고 강조했다. 발레는 기본적으로 팀플레이다. 누군가 솔로로 안무를 추고 있어도 뒤에서 군무가 받쳐 주지 않으면 온전한 무대가 완성되지 않는다. 모든 팀원의 호흡 하나하나가 모두 중요하고, 서로를 존중하는 마음으로 무대에 서야 그만큼 유기적인 하나의 공연을 만들어 낼 수 있다.

어린 강수진은 말도 잘 통하지 않는 외국의 단체 생활에서 인간관계를 신경 쓰느라 위염을 달고 지낼 때가 많았다. 강수진은 자기 자신과 또 팀원들을 이해하고 싶어서 별자리 책까지 사서 인간 유형에 대해 알려고 노력했다. 상대방을 이해하고 팀원과의 관계를 가다듬는 것부터 발레 무대를 완성시키는 과정이라는 걸 깨달았기 때문이다.

"무대 위에서는 거짓말을 할 수 없어요. 어떨 때는 관객에게 무대 저 뒤쪽에 있는 사람이 더 잘 보일 때가 있어요. 무용수 각자의 진심이나 인간성이 관객들에게 고스란히 전달되거든요. 성공하려고 테크닉을 아무리 연습해도 딱 그 순간뿐이에요. 그게 얼마나 오래 가느냐는 자신의 노력뿐 아니라 사람들과 인간관계에 어떤 도움을 받고 함께 성장하느냐에 달려 있기도 해요. 하나의 무대에서 호흡을 맞추기 위해서는 서로 탐구하고 이해하려는 과정도 중요한 거죠."

마리카 선생님 곁에서 발레를 삶의 일부로 배워가던 강수진은 1985년, 세계적 권위의 스위스 로잔 콩쿠르에 출전해 전 세계 무용수들 사이에서 당당히 우승을 차지했다. 그리고 여러 곳에서 러브콜을 받았으나, 독일의 명문 발레단인 슈투트가르트 발레단에 오디션을 보고 정식 입단하게 되었다.

굉장히 영광스러운 일이었지만 마리카 선생님과 떨어져 독립해 생활하는 것, 또다시 말이 통하지 않는 새로운 환경에 적응하는 것은 녹록지 않은 일이었다. 처음에는 또 새로운 인생이 시작된다는 희망에 차서 독일로 떠났지만, 처음 보금자리로 삼았던 곳은 춥고 저렴한 지하 방이었다. 곰팡이도 피고, 냄새도 나고, 극장과 거리도 멀어서 저렴한 월세가 무색하게 연습이 끝나고 밤늦게 귀가할 때 드는 택시 비용이 만만치 않았다. 결국 나중에 마리카 선생님이 잘 지내는지 보러 왔다가 놀라서 친구들과 다른 집을 구해 살도록 또 한번 도움을 주셨다.

하지만 당시 수진을 힘들게 했던 것은 현실적인 생활 문제가 아니었다. 정말 괴로웠던 것은 꿈꾸던 발레단에 입단했는데도 날아오르지 못하고 있다는 점이었다. 아이러니하게도 콩쿠르 우승을 하자 무명 시절이 시작된 것이다. 발레단에 들어갔다고 바로 무대에 설 수 있는 게 아니었다. 예비 번호를 받아 연기할 순서를 기다려야 했는데, 수진은 군무에 오르는 것만도 예비 다섯 번째였다. 4명의 선배들이 모두 무대에 못 오르는 상황이 생기면 그제야 차례가 오는 것이었다.

"슈투트가르트 발레단이 워낙 명성이 자자한 곳이다 보니까 입단하는 것만으로도 세계 최고의 발레리나가 될 수 있을 거라고 생각했어요. 근데 정작 현실은 제 생각과 많이 달랐죠. 슈투트가르트 발레단에는 저 말고도 뛰어난 실력을 가진 발레리나가 정말 많더라고요. 그래서 신입 발레리나의 경우, 무대에 오르지 못하거나 오른다 해도 무대 뒤에 서는 일이 비일비재해요."

무대 위에서 춤추고 싶은 꿈을 이루지 못한 채로 기약 없이 기다리는 약 2년간 슬럼프가 찾아왔다. 좌절감과 스트레스를 해소하려고 음식을 먹다 보니 살이 쪘고 연습을 소홀히 했다. 모든 시간이 버겁게 느껴져 자주 울기도 했다.

그런데 오지 않을 것 같았던 예비 다섯 번째의 순서가 예기치 못하게 찾아왔다. 문제는 고대하던 무대에 오를 수 있는 기회가 생겼는데도 전혀 준비가 되어 있지 않다는 점이었다. 몸 관리도 안 되어 있고 연습도 충분하지 않았는데, 하필 그때 무대 위에 올라가게 된 것이다. 결국 강수진에게 그날의 공연은 악몽과 같은 기억이 되었다. 군무에서도 혼자서 다른 팀원들과 반대 방향으로 움직이는 실수까지 했으니, 해고 당하지 않은 게 다행이었다.

"대기하는 후보여도 항상 공연 팀과 같이 움직이면서 언제든지 완벽하게 그 사이로 들어갈 준비가 되어 있어야 해요. 그게 프로페셔널이거든요. 그런데 연습이 부족해서 혼자 코미디 발레를 하게 된 거죠. 그때 항상 준비가 되어 있지 않으면 기회가 왔을 때 놓칠 수도 있다는 걸 알게 됐어요."

그와 동시에 성실한 기다림에는 언젠가 결과가 따라온다는 걸 배운 순간이기도 했다. 이후로는 어떤 군무에 들어가든 누구보다 더 열심히 연습했다. 그저 모든 순간에 최선을 다하며 나의 100%를 발휘하는 것이 나를 위한 일이자 관객에 대한 예의이기도 하다는 것을 느꼈다. 작은 공연의 군무에서부터 한결같이 성실하게 무대에 임하다 보니 누구보다 꾸준한 모습에 주역을 맡을 기회도 따라왔다. 만 18세에 슈투트가르트에 입단했는데 27세에 처음으로 솔리스트를 맡았다. 무명 시절도 의외로 길었던 셈이다. 하지만 강수진이 모든 무대에 임하는 마음은 항상 같았다.

"사실 처음 군무에 들어갔을 때 주역까지는 기대조차 안 했어요. 그냥 무대에서 춤추는 것 자체가 너무 좋았거든요. 기억나는 게, 한 동작을 가지고 혼자 연습하고 있었는데 어떤 분이 '너 정말 발레는 사랑하는구나!(You really love ballet!)'라고 하셨어요. 맞다고 했죠. 저는 성공을 위해서 발레를 열심히 한 게 아니에요. 한 번도 제 이름을 세상에 알리려는 노력을 한 적이 없어요. 작은 공연의 군무를 추든, 큰 공연에서 주역을 맡든, 무대는 무대예요. 저한테는 모든 공연에 임하는 마음이 항상 똑같거든요. 군무는 다 같이 해야 하기 때문에 어렵고, 주역은 테크닉이나 책임감 면에서 무거워지는 그런 차이는 있지만 마음가짐은 달라지지 않아요."

입단 9년 만에 맡은 첫 주역 작품은 〈로미오와 줄리엣〉이었다. 그 공연에서 강수진은 모든 사람을 황홀하게 하는 줄리엣이라는 평가와 함께 주목을 받기 시작했다. 빛나는 성과를 이루어 나가는 과정 모두가 기쁨이었으나, 강수진에게는 발레를 하는 매 순간의 행복 자체가 컸다.

몸을 조각하는 발레리나

마리카 선생님과 함께 지내던 시절, 강수진은 마리카 선생님과 함께 여러 유명한 박물관에 자주 방문했다. 그중 피렌체의 다비드 상 앞에서 선생님은 이렇게 물었다.

"뭐가 느껴지니?"

그때는 잘 몰랐지만 나중에서야 선생님이 수진에게 조각같이 아름다운 근육의 모습을 보여주고 싶어 했다는 것을 깨달았다. 강수진의 몸은 팔다리가 길고 가늘어 타고난 발레리나 체형으로 보이지만, 사실 이 몸은 뼈를 깎는 노력으로 체형을 하나하나 만들어 온 것이다. 그 과정은 마치 악기를 길들이는 것처럼 내 몸을 내가 상상하는 방향으로 조금씩 바꾸어 나가는 섬세한 작업이었다. 음식도 몸에 미치는 영향을 고려하여 선택했다.

"제 몸이 발레를 하기에 완벽한 체형은 아니에요. 팔, 다리, 목 길이는 괜찮은데 무릎 아래로는 발레에 적합하지가 않아요. 그래서 몸을 바꾸는 연습도 했어요. 노력하면 체형도 어느 정도 내가 원하는 대로 만들 수 있어요. 정확히 말하면 근육은 스스로 만드는 거죠. 식스팩을 만드는 것처럼 근육 하나하나를 조각하듯이 섬세하게 만들려고 정말 많이 노력했어요."

몸은 하루라도 쉬면 원래대로 돌아가려고 하기에 쉴 수가 없었다. 강수진의 하루는 매일 기계처럼 단조롭게 반복됐다. 새벽 다섯 시쯤 일어나 커피 한 잔을 마시고 아침 연습에 들어갔다. 극장에 가기 전 두 시간 동안 개인 연습을 하며 언제나 3,000번의 점프를 뛰었다. 처음에는 1,000번을 하기도 힘들었는데, 반복하다 보니 3,000번까지 뛸 수 있게 되었다. 해본 사람은 알겠지만 여러 운동을 하는 것보다 똑같은 동작을 반복하는 게 훨씬 어렵다. 하지만 강수진은 집중력을 발휘해 어디까지 할 수 있는지 자신의 한계를 높여 가는 것에서 희열감을 느꼈다. 강수진은 이 연습을 30년 동안 단 하루도 빼먹은 적이 없다. 아침에 미리 연습하면 언제든 무대에 오를 수 있는 컨디션이 만들어지기 때문이다.

그렇게 발레단에 나가 연습과 리허설을 반복했다. 하루 공연을 마치고 집에 돌아오면 늦을 땐 밤 11시가 될 때도 있었다. 하루에 4시간씩 자면서도 항상 새벽 5시에 일어나 연습다 보니 나중에는 하기 싫어도 몸이 움직여졌다. 온몸이 비명을 지르는 것처럼 힘든 날에도 움직일 수 있는 부위가 있으면 그 부위만이라도 연습할 정도로 꾸준히 했다. 심지어 결혼식 날에도 5분 만에 혼인신고를 하고 평소처럼 출근해서 연습했다. 어제보다 나은 오늘을 만들기 위해서는 하루하루를 연습으로 꽉 채우는 방법뿐이었다. 그래서 강수진은 스스로를 재능보다는 수많은 땀방울을 바탕으로 한 노력파라고 여긴다.

"사람들이 감사하게도 제가 무대에서 빛이 나도록 타고났다고 말씀하세요. 그런데 사실 저는 제 부족함을 채우려고 계속 노력한 케이스예요. 물론 재능이 없었으면 못했을 거고, 애초에 선생님이 발탁도 안 하셨겠죠. 대신 그 재능만 믿고 노력하지 않으면 아무것도 할 수가 없어요. 제 일상은 매일 극장, 집만 오가는 단조로운 날들의 반복이었어요. 그렇게 지루하면서도 지독하게 치열했던 하루가 모여서 지금의 저를 만들었다고 생각해요."

그래서 강수진은 재능과 노력은 결국 맞물려 있다고 말한다. 누군가의 가르침을 스펀지처럼 빨아들이는 것도, 배운 것을 연습을 통해 내 것으로 만드는 것도 노력이 뒷받침

되어야 한다. 노력하는 힘 자체가 하나의 재능인 셈이다.

그 과정은 익히 유명한 강수진의 발 사진에 고스란히 담겨 있다. 남편과 연애하던 시절, 강수진이 신발을 벗고 탁자 위에 다리를 올려놓았는데 그때 처음 강수진의 발을 본 남편이 물끄러미 쳐다보다가 말했다.

"피카소 그림 같아."

남편은 카메라를 꺼내 사진을 찍고 그 사진이 담긴 액자를 선물해 주었다. 못생긴 발을 보이는 것이 짐짓 부끄러웠는데, 그가 발을 칭찬하고 사랑스럽게 바라봐 주자 발에 대한 자부심도 생겼다. 못생긴 발은 강수진이 노력이라는 재능을 있는 힘껏 발휘해 왔다는 증거이자 역사였다.

화려했던 순간에 찾아온 부상

프리마 발레리나 강수진에게 1998년과 1999년은 가장 높은 곳에서 화려하게 명성을 드높인 의미 있는 해였다. 한국인 최초로 무용계의 아카데미상이라 불리는 세계 최고 권위의 '브누아 드 라 당스'를 수상했고, 유명 브랜드 모델이 되어 독일의 길거리나 지하철, 버스 곳곳에 사진이 붙었다. 독일의 난 협회가 새롭게 개발한 품종의 난에 강수진의 이름을 붙여준 일도 있었다. 그만큼 온 세상이 강수진을 주목하고 사랑했다.

하지만 발레리나로서 전성기에 다다랐던 그 시기 이후, 강수진은 가장 괴로운 암흑기를 걷게 됐다. 바로 부상 때문이었다. 1995년부터 하루도 쉬지 않았던 엄청난 양의 연습이 다리에 조금씩 독으로 쌓여왔던 것이다. 그때부터 이미 다리의 정강이뼈가 갈라지고 있었지만 쉬지 않고 5년을 달렸고, 1999년에 상을 탄 뒤에는 공연은커녕 걷거나 자지도 못할 정도로 다리의 통증이 심해졌다. 의사들은 강수진에게 앞으로 발레를 하지 못할 것이라고 했다. 정상에 선 순간 발레 인생이 끝났다는 선고를 들은 셈이었다.

"제 몸에 대해 알고는 있었죠. 사실 진작에 쉬었어야 했는데 제가 그렇게 하지 않았어요. 하고 싶은 게 너무 많았거든요. 그렇게 브레이크 없이 쭉 나아가는 게 저에게 잘 맞았거든요. 제가 하고 싶어서 선택한 길이기에 후회는 하지 않지만 부상을 극복하는 건 정말 힘들었어요."

처음에는 다시 발레를 할 수 있을 거라는 희망을 갖기가 쉽지 않았다. 주변에서도 회의적이었다. 하지만 단 한 명, 유일하게 남편만이 곁에서 회복할 수 있을 거라고 용기를 줬다. 그렇다 하더라도 24시간 내내 고통스러운 통증이 계속되어 재활을 해도 이전만큼 나아질 수 있을 것 같지가 않았다. 당장 쉬어야 했던 1년 동안 거의 매일이 울음바다였다. 뼈가 어느 정도 붙어야 재활도 시도할 텐데, 너무 상처가 깊고 곪아있어서 걷지도 못하고 엉덩이로 움직여야 할 정도였다. 당연히 발레에 대해선 엄두도 낼 수 없었다.

그래도 재활을 받자 겨우 뼈가 조금씩 붙는 게 보였고, 어떻게든 다시 조금씩 발레 동작을 시도해 봤다. 그러나 뼈가 붙고 있다고 해도 한동안 몸을 거의 움직이질 못했으니 피땀 흘려 조각해 놓은 근육들도 이전 같지 않았다. 발레의 기본 동작조차 되지 않는다는 걸 깨달았을 때 강수진이 느낀 실망감은 엄청났다. 게다가 처음 발레를 배울 때와 달리, 다시 무대에 설 때는 원래의 기량을 회복해야 한다는 부담감 때문에 마음이 조급해졌고 좌절감은 깊어졌다.

난생 처음 마주한 한계점을 극복하기 위해 강수진은 당장 할 수 있는 조그마한 한 걸음부터 내딛기로 했다. '연습을 한 시간 더 해보자'라는 높은 목표가 아니라 '당장 발을 1cm라도 더 들어보자'라는, 아주 작은 시도부터 목표로 잡았다. 새벽 2시든 3시든 시도 때도 없이 발레 바를 붙잡고 서서 조금 더, 조금만 더, 하면서 울면서 연습을 했다. 고통스럽지만 신기하게도 안 되던 동작이 아주 조금씩, 미세하게나마 조금씩 나아지는 변화가 생겼다.

"사실 다시 생각해도 그때처럼은 못 할 것 같아요. 그래도 그런 큰 고통을 겪고 나니까 조그마한 행복에도 더 큰 행복감을 느끼게 되었다는 게 긍정적인 일이랄까요? 이렇게 저렇게 시도해보면서 시간이 지나니 또 어느 순간 웃는 타이밍이 오더라고요."

무용수로서의 생명이 끝났다는 선고를 받았던 강수진은 그렇게 기적을 일구어 다시 무대 위로 돌아왔다. 복귀작은 첫 주역 작품이었던 〈로미오와 줄리엣〉이었다. 리허설 때 처음으로 감독님에게 집에 가겠다고 할 정도로 힘들었지만 버티며 연습을 거듭했고 성공적으로 무대에 올랐다. 주변에서는 오래 쉰 것 같지 않다며 놀라워했고, 심지어 부상 전보다 표현에 깊이가 생겼다는 호평까지 받았다.

몸이 좋지 않으면 쉬어야 한다는 걸 깨달은 일화도 있다. 〈잠자는 숲속의 미녀〉 공연을 할 때였는데, 열이 40도까지 오를 정도로 몸이 안 좋은 적이 있었다. 어떻게든 무대에 올랐지만 귀가 웅웅거리는 통에 1막은 어떻게 넘어갔는지 기억도 나지 않았다. 급기야 3막에서는 파트너가 잡고 있는 상태에서 회전을 해 관객들을 바라보며 착지해야 했는데, 멈췄더니 눈앞에 파트너의 얼굴이 보였다. 그날 공연을 끝낸 뒤, 최상의 컨디션으로 무대에 서지 못했다는 사실에 속상하고 화가 났다. 몸이 힘들 때는 나를 위해서, 관객을 위해서 'No'를 할 줄도 알아야 한다는 것을 배웠다.

은퇴 그리고 또 다른 막의 시작

2016년 7월 22일. 강수진은 입단 30주년을 맞이하는 동시에 현역에서 은퇴하며 〈예브게니 오네긴(Evgeny Onegin)〉 공연을 선보였다. 공식적으로는 이날이 은퇴 공연이었지만, 은퇴를 정해둔 뒤 마음속으로는 그동안의 모든 작품과 하나씩 조용한 작별을 나누었다. 마지막 공연에서 관객들은 '당케(Danke, 고마워요), 수진' 플래카드를 드는 이벤트를 보여줬다. 발레리나 강수진을 30년 동안 지켜보고 때로는 기다려 준 관객들 덕분에 지금의 강수진이 있었다고 생각하기에, 예상치 못한 이벤트가 안겨주는 감동은 더욱 컸다.

"은퇴 무대라는 점에 큰 의미를 담지는 않았어요. 관객분들 덕분에 지금까지 발레를 할 수 있었으니 어떤 공연이든 항상 좋은 공연을 해야 한다는 마음가짐을 가질 뿐이죠. 끝나면 울컥할 줄 알았는데 한편으로는 후련하기도 했어요. 저 발레 진짜 열심히 했거든요. 항상 과거나 미래가 아니라 '오늘'을 중요하게 생각하면서 매 순간을 100% 채우며 살았던 것 같아요. 그래서 후회는 전혀 없어요. 마지막까지 만족할 수 있는 수준의 공연을 할 수 있어 감사했고, 이제 됐다, 그런 느낌이었어요."

강수진은 마지막까지 최고의 무대를 선보였다. 할 수 있는 모든 것을 쏟아냈기에 아쉽지도, 슬프지도 않았다. 현역으로서 최고의 무대를 마친 뒤, 강수진에게는 새로운 막이 열렸다. 한국 국립발레단 단장으로 한국에 돌아오게 된 것이다. 30년간 해외 곳곳에서 발레를 했고, 익숙한 세계를 남겨둔 채 새로운 환경으로 삶을 옮겨오는 것은 쉬운 결정이 아니었다. 하지만 강수진이 제안을 받고 결정을 내리기까지는 오랜 시간이 걸리지 않았다. 탄탄한 커리어, 충분히 준비되어 있는 노후, 사랑하는 남편까지. 이미 독일에서 더 바랄 게 없는 행복한 삶을 영위하고 있었으나 그렇기에 오히려 '지금이 아니면 한국에 가지 않을 것 같다'는 강한 직감이 뇌리를 스쳤다.

사실 마음 한편에는 '언젠가 한국에서 뭔가를 해야겠다'는 의무감 같은 것이 있었다. 독일에서 오래 살았더라도 강수진은 항상 한국인이었고, 발레를 통해 한국인 강수진으로서 알려지는 것이 자랑스러웠다. 그곳에서 자신의 할 일을 하며 한국을 알리는 것도 뿌듯했지만, 이제는 한국으로 돌아와 후배들에게 어떤 식으로든 도움을 줄 수 있다면 그 역시 기쁜 일이 되리라 여겼다. 은퇴 후, 지금이라면 할 수 있겠다는 결심이 들어 한국행을 결정했고, 다행히 남편도 흔쾌히 한국에서 사는 것에 찬성해 주었다.

하지만 좋은 선수가 좋은 감독이 된다는 보장이 없듯,

새로운 역할을 맡는 것은 시작이자 도전이었다. 국립발레단의 예술 감독이 된 강수진은 매 시즌의 작품 선정과 연기자 캐스팅, 행정 결재 업무 등을 맡고 있다. 독일과 다른 새로운 시스템에 적응하는 데 시간이 걸렸고, 단원들과 합을 맞춰나가기 위한 노력도 필요했다. 하지만 부족하더라도 맡은 바 책임을 다하고, 불가피한 상황을 극복해 나가려고 꾸준히 노력하고 있다. 자칭 '베이비 리더'로서 말이다.

단원들과 한 번이라도 더 얼굴을 마주치고 이끌어 주고 싶은 마음에 출근하면 발레복으로 갈아입고 단원들과 시간을 보내기도 한다. 강수진이 그랬던 것처럼 어떻게든 발레를 하려고 하는 무용수를 보면 도와주고 싶고, 선배로서 힘든 시기에 있는 후배를 이끌어 주고 싶은 마음이 크다.

"열심히 하는데도 잘 안 되어 속상한 얼굴을 하고 있을 때 '무슨 문제가 있나요?'라고 물으면 울음부터 터뜨리는 단원도 있어요. 자신에게 맞지 않는 것을 소화하려고 욕심낼 때, 그런데 역시나 그게 잘 안 될 때 저도 지켜보는 게 안타까워요. 그 마음을 이해하니까 저도 경험을 바탕으로 조언도 하고 가끔 그게 긴 인생 상담이 되기도 하더라고요. 나처럼 하라는 게 아니라 제 얘기에서 무엇이라도 건져서 도움이 된다면 그건 자기 것이 되는 거니까요. 저는 그냥 경험을 말해주고, 선택하고 받아들이는 사람은 자신인 거예요."

같은 목표를 향해 가더라도 모든 사람이 같은 길을 걷지는 않는다. 각자에게 맞는 방법으로 계단을 오르고 문을 넘어 나아갈 수 있도록 도와주는 것이 리더의 역할이 아닐까. 강수진이 생각하는 리더란 위에서 끌어올리는 사람이 아니라 맨 끝에서 지켜보고, 기다리며, 밀어 올려주는 사람이다. 그래서 강수진은 오늘도 단원들과 소통하려 노력한다.

내가 발레를 하는 이유

강수진의 성공적인 해외 진출은 개인의 성취를 넘어 우리나라의 후배 무용수들에게도 더 넓은 세계로의 가능성을 제시하고 길을 열어주는 상징적인 역할을 했다. 실제로 지금은 지금 한국 발레는 전 세계적으로 한국인 무용수가 없는 발레단이 없을 정도로 크게 성장했다. 프랑스 파리의 명문 무용단 '파리 오페라 발레단'에 박세은 발레리나가 입단해 동양인 최초로 주역을 맡았고, 강수진이 몸담았던 독일 슈투트가르트 발레단에서도 강효정 발레리나가 활동하고 있다. 또 러시아 '마린스키 발레단'에 동양인 남성 최초로 김기민 발레리노가 입단해 동양인 남성 최초로 '브누아 드 라 당스' 최고 남성 무용수상을 타기도 했다. 덕분에 국내에서도 수준 높은 발레 공연을 관객들이 즐길 수 있게 되었고, 그만큼 대중들에게 다소 멀게 느껴지는 예술이었던 발레가 조금은 가까워진 듯하다.

"예전에는 희한하게 동양인에 대해 선입견이 있었죠. 그런데 지금은 많이 달라졌어요. 한국인들은 흥이 많다고 하잖아 요. 그런데 예전엔 그걸 어떻게 표현할 줄 몰랐다면, 지금은 좋은 선생님도 있고 많은 정보도 축적되면서 음악이나 작품 을 통해 표현할 수 있는 방법을 무척 빨리 습득하거든요. 물 론 그러면서도 개성을 잃지 않는 게 중요하지만요. 예전엔 그 런 정보가 없으니 자신이 알아서 길을 만들어갈 수밖에 없었 어요. 저는 제 갈 길을 간 것뿐인데, 만약 제가 밟은 길이 누 군가에게 도움이 됐다면 저에게 너무 감사한 일이죠."

그저 발레를 좋아하고 열심히 했던 소녀는 점차 무대를 즐길 수 있는 발레리나로 성장했고, 50대가 된 지금은 자 신의 삶을 이끌고 지탱해 준 발레를 다음 세대에게 물려주 는 역할에 몰두하고 있다. 최고라는 타이틀과 수많은 상은 발레를 해나가며 따라온 결과일 뿐, 더 중요한 것은 발레를 통해 지속 가능한 건강한 삶을 살아가는 것이라 여긴다. 조 금이라도 덜 힘들게, 조금이라도 더 행복하게 발레를 해나 가기 위해서는 시작했을 때의 마음가짐을 상기하는 것이 중요하다는 것을 후배들에게 꼭 전달해 주고 싶다.

"내가 이걸 왜 시작했지? 생각해 보면 결국 좋아했기 때문이 거든요. 그 마음가짐을 계속 다듬고 상기시켜 나아가야 하는 것 같아요. 그냥 이기려고 하면 힘들어져요. 그래서 후배들도 발레를 하는 자신의 순간들을 아름답게 생각하며 좋아하는 마음에 집중하다 보면, 조금 덜 힘들게 지속해 나갈 수 있지 않을까 생각해요."

예술에서 완벽이란 정답이 없기에 매 순간은 더욱 특별하고 값지다. 그래서 강수진이 늘 후배들에게 해주는 말이 있다. '넘어져도 괜찮다. 넘어지는 게 두려워서 100%의 역량을 끌어내려 시도하지 못할 바에야 넘어지고 그 느낌을 배우는 것이 더 소중한 경험이다.' 모든 무대가 각자의 삶에 오직 한 번의 무대이기 때문이다. 아마 우리 삶에 주어지는 무대에서도 그 특별함의 가치는 다르지 않을 것이다.

04

양심에 부끄럽지 않게
행동해야 해요

🌾 성숙한 어른이 되는 방법

천종호

부산지방법원에 재직하는 '소년에 의한, 소년을 위한, 소년의' 부장 판사. 2012년 2월 소년부 판사가 된 이후 열악한 비행 소년들의 처지에 눈감을 수 없어 이들의 대변인을 자처하고 있으며, 그 덕에 '소년범들의 대부'라는 호칭을 얻기도 했다. 자나 깨나 늘 소년들 생각 뿐이라는 뜻에서 '만사 소년', 법정에서 호통을 잘 친다고 하여 '호통 판사'로도 불린다. 2018년 정기 인사로 부서를 옮기면서 지금은 소년재판과 거리를 두게 되었지만, 소년들에 대한 관심은 여전하다. 환경재단에서 수여하는 '2014 세상을 밝게 만든 사람들'로 선정되었고 2015년 제1회 '대한민국 법원의 날' 대법원장 표창, 2017년 한국범죄방지재단 실천공로상, 2017년 현직 법관 최초로 제12회 '영산법률문화상'을 수상하였다. 인세로 소년들의 금전적 지원을 해준다고 한다. 저서로는 《내가 만난 소년에 대하여》, 《아니야, 우리가 미안하다》, 《이 아이들에게도 아버지가 필요합니다》가 있다.

"물론 위기 청소년 아이들이
바뀌지 않을 수도 있겠지만
그렇다고 그냥 포기하고 있기에는
제 양심에 걸리더라고요.
저까지 손을 놔버리면
나중에 스스로 부끄러워질 것 같았습니다.
안 변하더라도 할 수 있는 최선의 노력은 해야겠다,
소년 재판 판사로서
제대로 하지 않으면 안 되겠다는 생각이 들었어요."

법정에 선 학교 폭력 가해자들에게 벼락같은 호통을 내리던 판사가 있었다. 학교 폭력을 조명한 다큐멘터리 〈학교의 눈물〉에서 가해 학생과 부모에게 호통을 치던 그 모습은 큰 화제가 됐다. 가해 학생에게 무거운 처분을 내리는 데 그치지 않고 잘못을 꾸짖는 것은 어떤 의미였을까. 우리는 모두 청소년 시절을 거쳐왔지만, 우리도, 우리 사회도 청소년에 대해 잘 모른다. 관심을 가지고 진지하게 들여다본 적이 없었다는 쪽이 맞을 것이다. 몸은 성인이지만 마음은 아직 다 자라지 못한 10대 아이들은 사회의 시선이 비켜간 자리에서 어떻게 오늘을 살아내고 있을까. 그리고 그들이 커가는 자리에서 어른들은 어떤 역할을 해야 할까.

소년 범죄, 그리고 소년법

〈소년법〉은 범죄 및 형벌 규정의 기본법인 〈형법〉에서 출발해 이를 보완하기 위해 나온 특별법 중의 하나다. 형법에서는 만 14세 미만은 처벌 대상이 아니라고 규정하고 있기 때문에, 소년에게 알맞은 조치를 취할 수 있도록 보완하는 법이 등장한 것이다. 소년법에서는 적용 대상을 연령에 따라 세 그룹으로 나누고 있다. 법령에 저촉되는 범법 행위를 저질렀을 경우 만 10세 미만은 범법소년으로 어떠한 처벌도 받지 않는다. 만 10세 이상부터 만 14세 미만까지는 촉법소년으로 형벌은 받지 않고 보호 처분만 받게 된다. 그리고 만 14세 이상부터 만 19세 미만까지는 범죄소년이라 하여 완화된 형벌을 받게 되어 있다.

촉법소년이 형벌 대신 받게 되는 소년 보호처분은 1호부터 10호까지 열 가지가 있는데, 그중 가장 무거운 처분이 2년 이내의 소년원 송치인 10호 처분이다. 법정에서 가해 학생에게 불호령을 내려 호통 판사로 유명한 천종호 판사의 또 다른 별명이 바로 천10호인데, 선처를 구하는 가해 학생에게 용서 없이 10호 처분을 내린다고 해서다.

일각에서는 10대 청소년들의 성장이 빨라지고 그들의 범죄가 잔혹해지면서 소년이 더 이상 소년이 아니라는 주장이 제기되고 있다. 일례로 2017년에 발생한 '인천 초등학생 유괴 살인 사건'의 경우, 10대 학생 두 명이 실시간으로 연락하면서 초등학생을 납치해 잔혹한 방식으로 살해한 사건으로, 성인들도 보고 놀랄 정도로 잔인한 사건이었다. 그러나 1심에서 주범은 소년법상 무기징역을 선고할 수 없는 나이라서 20년 형을 받았고, 두 살 많은 공범은 무기징역을 선고받았으나 대법원에서 13년으로 낮추어 확정되었다.

또한 같은 해에 발생한 '부산 여중생 폭행 사건'의 경우, 만 13, 14세의 아이들이 또래에게 끔찍한 폭행을 저지른 사건이었다. 가해자가 폭행으로 상해를 입어 피투성이가 된 피해자의 사진을 찍어 지인에게 자랑했다가 신고당해 사건이 알려지고 확산되었다. 그러자 청와대 국민 청원 홈페이지에 가해자를 제대로 처벌할 수 있도록 소년법을 폐지해 달라는 청원이 올라왔고 이에 무려 40만 명이 동의하기도 했다. 나이가 어리다는 사실만으로 면죄받기에는 너무나 끔찍한 범죄가 일어났을 때, 소년법이 피해자가 아니라 가해자를 보호하는 것처럼 보이기 때문이다.

소년법은 폐지하는 것이 옳을까? 소년법의 취지는 아이들이 어릴 때의 실수로 평생 전과자로 살지 않게 기회를 줘야 한다는 것이다. 즉 아이들이 사회적 낙오자가 되지 않도록 사회가 아이들에게 반성하고 교화할 수 있는 도움을 주어야 한다는 것이다. 그런데 청소년들은 어린 나이의 치기나 객기로 범죄를 저지르기도, 어른들의 보호를 받지 못해 생계형 범죄를 저지르기도 한다. 과연 이런 경우에도 아이들을 범죄자라 낙인찍어야 할까?

"판사로서도 고민스러운 부분인데요. 소년 범죄 중에 극악무도한 특수 범죄 비율이 얼마나 되겠습니까? 인천 초등생 사건 같은 살인 사건은 1% 미만, 또 살인까지는 아니지만 여중생 폭행 사건처럼 죄질이 무거운 사건의 비율은 약 5% 미만입니다. 그러니까 나머지 약 95%가 아이들이 그냥 장난삼아서, 배고파서 한다든지, 혹은 여학생들이 가출 후 성매매에 휘말리는 그런 범죄들이거든요. 만약 흉악 범죄 1%를 위해서 소년법을 폐지하면 나머지 약 95%의 아이들에게는 죄질에 맞는 처분을 못 하게 될 가능성이 높습니다."

청소년도 어른과 다를 바 없으니 어른에 준하는 처벌을 내려야 한다는 이유로 소년법을 폐지하면 이와 연계하여 고려해야 할 점들이 적지 않다. 우선 만 14세 이상의 아이들에게도 사형과 무기징역 수준의 무거운 형을 선고할 수 있게 되면 UN에서 채택한 '아동권리협약'에 저촉된다. 'UN아동권리협약'이란 아동의 생존, 발달, 보호, 참여에 관한 기본 권리를 명시한 협약으로 제37조에 따르면 '18세 미만의 아동이 범한 범죄에 대하여 사형 또는 종신형을 부과해서는 안 된다'고 되어 있다.

또한 권리와 책임은 함께 부여되는 것이므로, 소년에게 사형, 무기징역 등 성인 수준의 책임을 묻기 위해서는 그들에게 선거권 등 성인 수준의 권리도 주어야 한다. 사회 구성원으로서의 지위가 박탈 가능한 대상이라면 사회적 입장을 표명할 권리도 주어야 하는데, 그것이 바로 선거권이기 때문이다. 또한 미성년 규정이나 술, 담배 문제가 포함된 〈청소년 보호법〉의 나이를 하향 조정해야 하는 부분도 고려해야 한다. 즉 소년법 폐지란 소년을 성인으로 재정의한다는 의미로, 수십 개의 관련 법 개정이 필요하며 결과적으로 전반적인 사회 질서를 리모델링한다는 것을 뜻한다.

소년법을 폐지해 처벌 수위만 높이는 것은 민주주의나 법치주의를 위반하는 결과로 이어진다. 그래서 완전한 폐지보다는 경중에 따른 개정 혹은 특수 강력 범죄의 경우 형벌 상한을 높이는 것도 하나의 방법이다. 또한 단순한 처벌의 수위뿐 아니라 소년 범죄를 줄이는 방법, 처벌 후 아이들의 교육에 대한 고민도 반드시 필요하다.

"형법의 경우 처벌 후에는 판사들이 개입을 하지 않습니다. 그런데 소년법은 목적 조항이 있습니다. 처벌로 끝나는 것이 아니고 소년의 반사회성을 고쳐 품행을 교정하고 환경을 조정해 건강한 사회 구성원으로 만든다는 조항이지요. 아이들은 살아온 날보다 살아갈 날들이 많기 때문에, 단번에 낙인을 찍으면 아이의 인생도 안타깝고 나중에 오히려 사회적인 비용도 더 크게 들 수 있거든요. 그래서 소년법은 아이들을 건강한 사회 구성원으로 만들기 위해 그 존재 목적을 가진다고 되어 있습니다. 그렇기에 처벌보다는 어떻게든 아이를 바른 사회 구성원으로 만들려고 하는 거고, 재판이 종료되어도 여전히 판사에게 그 관리 권한이 있습니다."

가해 아이들에게 엄벌을 내려야 한다고 말하는 사람들은 많지만, 다들 처벌 후 관리에는 큰 관심을 갖지 않는다.

처벌을 받은 이후에도 아이들은 사회와 완전히 격리되지 않는다. 따라서 우리 사회는 처벌받은 아이들을 사회에 어떻게 녹아들게 할 것인지 고민해야 하고, 피해 아이들의 상처를 치유해 주고 보호해야 한다. 분쟁의 해결을 넘어 아이들에게 삶의 안내자가 되어주는 것이 판사로서의 또 다른 책임이듯, 우리 사회도 청소년 문제를 보다 복합적인 측면에서 관심 있게 바라봐 주어야 하지 않을까.

소년 범죄는 왜 일어날까

소년 범죄가 일어나는 이유와 그 정도가 점차 심해지는 원인은 무엇일까. 사춘기에 들어선 아이들에게 가장 중요한 것은 소속감과 연대감이다. 아이들은 학교라는 사회에 들어서면 주변 친구들과 관계를 맺기 시작하고, 그 사회 속 무리에 속하고 싶어 한다. 아이들은 자신이 어떤 울타리 속 일원이라는 데에서 안정감을 느끼기 때문이다.

학교에서 각기 무리를 짓다 보면 자연히 일종의 주류와 비주류의 무리로 나뉜다. 비교적 학교생활에 집중하며 공부하는 아이들을 주류라 한다면 경쟁에서 밀려나 방황하는 비주류 아이들이 있다. 위험에 노출되는 아이들은 학교에서 아예 무리를 찾지 못하는 경우다. 어느 쪽에도 속하지 않아 양쪽에게 왕따를 당할 위험이 있고, 다른 무리를 찾기 위해 학교 밖으로 나가 일탈을 저지르게 될 가능성이 높아지기 때문이다. 건강하지 못한 문화에 속한 채로 그 무리에서 배척당하지 않으려다 보니 비행에 휩쓸리게 되는 것이다. 부산 여중생 사건도 비슷했다. 가해자들은 대안학교에 다니고 있었고, 피해자는 다른 학교 학생이었다. 피해자가 학교에 무단결석하는 상황에서 가해자들과 어울리며 새로운 무리를 지었고, 그 안에서 폭행 사건이 벌어진 것이다.

아이들이 소속감을 느끼지 못하고 방황하는 이유가 무엇일까. 가장 큰 원인 중 하나는 '애착 손상'이라고 본다. 아이들은 가족 간 애착 관계가 단단하게 맺어져 있지 않은 경우, 특히 가정 해체 과정을 겪었을 경우에 부정적인 영향을 크게 받는다. 가정에서 폭력이나 아동 학대를 당하면 마음에 상처를 입는 아이들이 무척 많은데, 법정에서 만난 아이들 대부분이 애착이 제대로 형성되지 않은 환경에 있었다.

여기서 가정 해체란 부모와 자식으로 이루어진 전통적인 가정 형태의 와해만을 말하는 것이 아니다. 보편적인 가정의 형태라 한들 부모님의 불화가 있다면 아이들이 심한 좌절과 공포를 느끼는 경우가 많다. 가족 구성원의 형태보다 가정에서 느끼는 애착과 안정이 훨씬 중요한 것이다. 가정에서 충분한 애착 관계가 형성되지 않으면 아이들은 바깥으로 나가 내게 관심을 주는 다른 보호자를 찾게 된다.

이때 비행 중인 다른 위기 청소년이 보호자의 자리를 차지한다면 아이가 범죄 현장에 따라가거나 자칫 범죄의 대상이 되는 일이 생긴다.

> "부모님들이 성숙한 가정 문화, 그리고 이혼하더라도 성숙한 과정을 보여줘야 하는데 그렇지 않으면 아이들이 크게 상처를 입게 됩니다. 그러면 아이들이 외롭지 않겠습니까? 부모가 애착을 깊게 맺어주지 않으면 다른 대상을 찾아가게 되거든요. 그로 인한 극단적인 피해 사례를 제가 법정에서 굉장히 많이 봤습니다."

성인이 보기에는 터무니없어 보이는 관계도 아이들은 믿어버린다. 겉모습이 의젓해 보인다 하더라도 여전히 미성숙하기 때문이다. 따라서 1차적으로는 부모님이 아이에게 안정감을 주는 소속처가 되어줘야 하고 충분히 인격적인 대우와 존중을 해주어야 한다. 또한 부모님은 이혼하게 되더라도 아이 입장을 먼저 이해해서 정서적인 안정을 취하고 상황을 받아들일 수 있게 배려해 주어야 한다.

> "우리 한국 사회는 이혼한 이후에 어느 한 부모가 아이를 양육하잖아요. 그런데 한 부모님이 다른 부모님의 면접 교섭권을 방해하는 경우가 많거든요. 그건 건강한 이혼 문화가 아

니죠. 아이는 양쪽의 양육을 받아서 균형 잡힌 삶을 살아갈
수 있어야 좋은데, 이혼 후 부모 한쪽을 못 만나게 하고 기
분 나쁜 내색을 드러내면 아이가 상처를 입습니다. 양육에서
는 부부간의 감정은 뒤로하고, 아이가 다른 부모님을 원활
하게 만날 수 있도록 하는 성숙한 이혼 문화를 만들어 가야
하지 않을까 생각합니다."

돌아갈 곳이 필요하다

이런 사건이 있었다. 경제적 여유가 있는 한 부부가 남매를
낳아 교육시켰다. 그런데 딸의 학습 능력이 아들에 비해 낮
았다. 딸은 자신에게 향하는 부모의 실망 어린 태도에 상처
를 받아 초등학교 6학년 때 가출을 했다. 딸은 사랑을 못 받
은 집에서와 달리 우연히 만난 17세 남자가 친절하게 대해
주자 금방 마음을 열고 의지하게 됐다. 하지만 결국 그 남
자에게 성폭행을 당했다. 아이가 다시 집으로 돌아왔으나
부모님은 딸의 상처를 품어주지 않고 더욱 차갑게 대했다.
아이는 또 가출을 했고 이번에는 20대 남자와 동거를 하게
됐는데, 그 남자는 이제 중1이 된 여자아이에게 성매매를
시켜 돈을 벌게 했다. 결국 여자아이는 몸과 마음이 만신창
이가 되어 성매매 혐의로 소년 법정에 서게 되었는데, 사실

상 성매매에 내몰린 피해자인 셈이었다. 법정을 나서면 아이는 또다시 집으로 돌아가게 된다. 과연 그다음은 어떨까.

아이가 법정에서 도움을 받거나 상담을 통해 어느 정도 상처를 극복할 수 있다고 한들, 똑같은 환경으로 돌아가면 같은 일이 반복되지 않으리란 보장이 없다. 이 아이가 집을 나온 것은 '탈출'이었기 때문이다. 이처럼 아이를 법정까지 오게 만든 환경이 그대로 남아 있거나 혹은 돌아갈 곳이 아예 없는 아이들도 있다. 이 아이들에게 절실한 것은 변화할 수 있는 주변의 도움, 즉 환경적인 변화다.

"아이들이 교육을 받고 '나는 앞으로 제대로 살아야겠다' 그렇게 결심한다고 한들 집에 가면 부모님이 알코올 중독이라든가 학대를 하는 상황이라면, 아이의 결심이 며칠이나 가겠습니까? 그래서 그런 아이들을 저희가 대안 가정이라는 곳에서 보호하고 있습니다. 부모 역할을 해주시는 분들이 거기에서 아이들을 보살피고 치유도 합니다."

대안 가정이라 불리는 '청소년회복센터'는 현재 전국에 20여 군데가 있다. 천종호 판사가 아이들의 몸과 마음을 회복시켜 사회로 돌려보내겠다는 취지에서 설립했는데, 보통 6개월 정도 아이들이 머무르면서 교육과 치유를 받는 시설이다. 천종호 판사가 직접 같은 뜻이 있는 분들을 만나 부탁하고 설득해서 아이들에게 부모 역할을 해줄 수 있는 가정을 연결해 주었다. 현실적인 노하우 없이 열정만 앞섰을 때, 고맙게도 뜻을 함께해 준 분들이다. 처음에는 국가예산 지원이 없어 후원이나 자비로 운영비를 충당했는데 2019년도 정부 예산안 8억 원이 국회 예산 심의를 통과해 공식 시설로 인정받아 예산 지원도 받을 수 있게 되었다.

"보호 조치를 받고 집으로 돌아가면 다시 비행을 저지를 게 뻔한데, 그대로 방치한다는 건 결국 병이 곪기를 기다렸다가 중한 병이 되고 나서야 수술하는 것과 똑같지 않겠습니까. 초범일 때 개입을 안 하고 있다가 점점 더 심각한 범죄자가 되면 그때 소년원에 보내는 거잖아요. 그러면 안 된다고 생각해서 되도록 조기에 개입하자는 생각으로 한 거죠."

환경적으로 부모님과 애착이 불안정한 아이들은 집으로 돌아가더라도 재범률이 거의 70%에 이를 정도로 높았다. 하지만 청소년회복센터를 거쳐 간 아이들의 재범률은 30%대로 떨어졌다. 실제로 1호 청소년회복센터가 막 생겼을 때 그곳에서 지내게 되었던 아이 중에는 아직도 8년째 함께하고 있는 케이스도 있다. 부모님이 이혼하고 각기 재혼한 뒤에 방치되어 있다가 대안 가정에서 새 부모가 생기고, 불가능할 것만 같았던 평범한 삶을 살게 된 것이다. 관심과 애정으로 보살펴주는 대안 가정은 기대했던 것 이상으로 아이들의 변화에 큰 도움이 됐다.

청소년의 범죄를 어떻게 처벌할 것인지를 넘어서, 범죄가 발생하지 않도록 사회적으로 대안을 마련하는 것까지 관심을 갖는 사람은 많지 않다. 일단 한번 비행 청소년이라는 딱지가 붙으면 그 아이는 사회적으로 혐오의 대상이 되어버리기 쉬운데, 천종호 판사는 그런 아이들의 뒷이야기에 더욱 관심을 기울여 주기를 촉구한다. 아직은 변할 수 있는, 또 변할 자격이 있는 아이가 많다.

함께 답을 찾아 나가기 위해

또래 무리에서 소속감을 느끼지 못하고 방황하는 아이들은 제3의 문화를 통해서도 안정을 찾을 수 있다. 무작정 아이들의 학습 능력을 높여 주류에 속하게 만드는 것은 쉽지 않다. 그렇다면 아이들이 주류, 비주류의 이분법적이지 않은 다양한 문화를 만들어가고 향유할 수 있다면 어떨까. 예를 들어 운동이라는 공통사로 아이들이 모이고, 또 그 아이들이 지역별로 모여 대회를 열고 서로 공감할 수 있다면 비행 문화를 벗어날 수 있지 않을까.

천종호 판사는 매주 목요일마다 퇴근 후 '만사 소년 FC

축구단'에서 축구를 한다. 단원들은 대개 재판을 받았던 위기 청소년 아이들이고, 보육시설에서 지내는 아이들이 소문을 듣고 참여하러 오기도 한다. 장소를 빌려놓으면 적을 때는 20명, 많을 때는 40명 정도가 모여 두 시간 동안 축구를 하고, 끝나면 저녁을 먹고 헤어진다.

"개중에는 가정 형편상 운동을 포기하고 방황한 아이들도 있거든요. 그 아이들한테 지금 필요한 건 언제든지 꾸준하게 운동할 곳이 있다는 희망입니다. 별다른 대화는 하지 않지만, 그 두 시간이 아이들에게나 저에게나 소중한 시간이거든요. 땀을 뻘뻘 흘리고 배부르게 먹고, 말로 표현하진 않아도 감정적인 소통이 충분히 이루어지고, 관계 형성이 되는 것 같습니다."

유럽에서는 위기 청소년들에게 사회에 녹아드는 방법으로 스포츠를 권유하는데, 그 과정에서 소통이 이루어지기 때문이다. 축구를 하다 보면 서로 부딪치기도, 태클을 걸다 넘어지기도 한다. 이때 내가 다쳐보면 상대방에게 태클을 걸 때 수위를 어느 정도로 해야 하는지 조절할 수 있게 된다. 상대방의 아픈 표정을 보고 조심해야겠다는 조절 능력을 몸으로 부대끼며 배우는 것이다. 당연한 얘기 같지만, 직접 몸으로 배우는 것은 아이들에게 귀중한 경험이다.

천종호 판사는 사람과 부대끼면서 관계를 맺어야 아이들이 자연스럽게 감정 이입이나 공감을 배울 수 있게 된다고 믿는다. 부모님들은 천종호 판사에게 '우리 아이가 어떻게 해야 학교 폭력을 안 당할 수 있을지'를 자주 질문하는데, 천종호 판사는 '내 아이가 가해자가 되지 않도록 노력하면 학교 폭력은 근절될 수 있다'고 답한다. 다른 사람의 고통을 이해할 수 있어야 가해 행위도 줄어들 것이다.

"우리가 위기 청소년을 대할 때도 공감의 훈련이 필요하다고 생각합니다. 아이들을 비판하고 채찍질하는 것보다 사회 일원으로 받아들이는 것이 더 어렵죠. 관념으로는 가능해도 우리 몸에 익숙해지지 않으면 공감할 수가 없거든요. 아이들의 인성 교육에서도 지식 전달만으로는 채워지지 않는 부분이 있다고 생각합니다."

아이들에게는 마음을 알아주는 믿을 수 있는 어른이, 그리고 안심하고 언제든 돌아갈 수 있는 장소가 필요하다. 천종호 판사는 아이들에게 기꺼이 신뢰할 수 있는 어른이자 안전한 장소가 되어주고 싶다. 부산 여중생 폭행 사건의 피해자 아이는 사건 이후 학교 적응에 어려움을 겪다가 이후 피고로 다시 법정에 서기도 했다. 천종호 판사는 재판을 마친 뒤 아이와 점심을 같이 먹으면서 "판사님 딸 하자" 하고 손을 내밀었다. "누가 괴롭히면 이 사람이 내 아버지라고 말해라"하며 사진을 찍고 후원자를 자처한 이후로 아이는 다행히 평범한 일상에 복귀했고, 어버이날에는 카네이션을 들고 천종호 판사를 만나러 왔다.

어쩌다 호통판사

천종호 판사의 가장 유명한 별명은 호통 판사다. 법정에서 아이들과 그 부모들에게 냉정하게 불호령을 내리는 모습이 매체를 통해 유명해진 탓이다. 하루에 정해진 재판 시간은 6시간에 불과한데, 하루에 만나는 아이들은 100명, 많을 때는 200명이나 된다. 한 아이마다 약 3분 만에 처분이 결정되는 것이다. 그중에서도 사안이 엄중해 다시 법정에 설 가능성이 높은 아이들에게는 짧은 시간 내에 자극을 줄 수밖에 없는데, 차근차근 말을 할 겨를이 없으니 재판을 시작하자마자 호통부터 쳤다.

　사실 소년법원 판사가 된 것은 생각지도 못한 인사이동 때문이었다. 원래 판사직에 오래 있을 생각은 아니었다. 보통 고등법원에서 지방법원을 거쳐 부장판사가 되는 인사 패턴이 일반적이기에 20년 정도 연차가 쌓여 부장판사가 되고 연금이 나오면 퇴직을 할 계획이었다. 그런데 어느 날

느닷없이 창원으로 인사 발령이 났다.

> "너무 충격을 받아서 창원 가기 전날까지도 후배랑 술 마시면
> 서 '우리가 찍혔나' 하고 속상해하면서 고민에 빠졌어요. 나
> 중에 알아보니까 전국적으로 형사 단독 판사들을 법조 경력
> 이 높은, 부장에 임박한 사람들로 채우겠다는 정책 때문에
> 조정을 한 거더라고요."

창원에서 형사 재판이나 소년 재판 중에 하나를 맡아야
했는데, 당시에는 판결문을 간단하게 써도 되는 소년 재판
이 비교적 편할 것 같아 그쪽을 선택했다. 그때만 해도 창
원에는 2년만 있을 예정이었다. 얼떨결에 시작한 소년 재
판을 8년이나 하게 될 줄은 몰랐다. 돌이켜보면 그때의 예
기치 못한 선택들이 천종호의 인생을 바꾼 셈이었다.

막상 소년 재판을 해보니 청소년 문제에 대한 인식이 좋
지 않고 청소년에 대한 대우가 너무나 열악했다. 비행 청
소년 문제에 누구 하나 관심을 가지거나 이슈화하지 않았
다. 특히 청소년은 선거권이 없는 나이대라 국회의원들에
게 처우 개선을 호소해도 잘 들어주지 않았다. 그러니 시골
의 무명 판사가 혼자 경남 일대를 운전해 다니면서 사회 봉
사자들을 만나 아이들 문제를 함께 해결해 달라고 부탁하
고, 2010년 12월에 최초의 청소년회복센터를 만들게 된 것

이다. 그렇게 2년 동안 소년판사로 일하고 부산으로 돌아가려 했지만, 청소년회복센터가 이제 막 세워졌기에 제도가 확립될 때까지는 자리를 비울 수 없었다. '뭔가는 더 해야겠다', '할 수 있는 만큼은 해봐야겠다'는 생각이 들었다.

> "아이들이 처한 상황에 대한 개선의 한계를 느끼면서 많은 생각이 들었던 것 같아요. 물론 애들이 바뀌지 않을 수도 있겠지만 그렇다고 그냥 포기하고 있기에는 제 양심에 걸리더라고요. 저까지 손을 놔버리면 나중에 스스로 부끄러워질 것 같았습니다. 아이들이 변하지 않더라도 할 수 있는 최선의 노력은 해야겠다, 제대로 하지 않으면 안 되겠다는 생각이 들었어요."

어쩌다 가게 된 길이었지만 그 길 위의 만남이 천종호 판사를 새로운 세상으로 이끌었다. 그렇게 2010년 2월부터 2018년 2월까지 8년 동안 천종호 판사가 재판장에서 만난 위기 청소년은 약 1만 2,000명이었다. 법정 안에서는 그 자리에서 할 수 있는 일을, 또 법정 밖에서는 바깥에서 할 수 있는 일을 직접 찾고 해나가며 말 그대로 '만사 소년'만을 생각하는 소년 판사가 되었다.

우리의 흔들렸던 시간들

7형제 중 넷째로 태어난 천종호는 어린 시절 집안이 어려워 단칸방에서 부모님까지 아홉 식구가 함께 살았다. 중학생 때는 학교에 다녀오면 숙제를 한 다음, 초저녁에 이른 취침을 하고 새벽에 가족 모두 자면 일어나서 구석에서 밤새 공부하는 생활을 했다. 그렇게 법관을 꿈꿨고 마침내 꿈을 이루었지만 그에게도 불안하던 시절은 있었다. 고3 때 법대 진학을 하기 위해 생각했던 만큼의 성적이 나오지 않아 입학 접수 당일까지 길을 서성이며 진로를 고민하던 날이 있었다. 당시에는 서점에서 대학 입학 지원서를 구매하여 학교에 직접 제출해야 했는데 지원서를 살 돈이 없었다. 주변에서도 돈도 없는데 무슨 사법시험이냐고 윽박을 지르니 고민은 더 깊어졌다.

그런데 그때 우연히 친구 한 명을 만났다. 친한 사이도 아니고 얼굴 보면 인사나 하는 사이였다. "입학 원서 넣었냐?"는 친구의 말에 고개를 저었더니 무슨 생각인지 그 친구는 천종호를 서점에 데려가 직접 지원서를 사서 쥐여주고, 학교로 가는 버스비까지 내줬다. 그 덕분에 접수 마감 직전에 지원서를 넣고 무사히 부산대에 합격할 수 있었다.

"만약 그 친구가 아니었다면 지금의 판사 천종호가 있었을까 싶어요. 그런데 그 친구는 기억도 못 하더라고요."

그 친구에겐 대수롭지 않은 행동이었을지도 모르지만, 천종호에게는 인생을 바꿀 정도로 고마운 일이었다. 어쩌면 불안하고 흔들리는 시기의 아이들에게도 누군가의 손길이 필요하지 않을까. 우리의 작은 말과 호의가 뜻밖에 그 아이의 인생을 바꿔놓을 수도, 평생 못 잊을 하나의 기억을 만들 수도 있다. 그리고 반대로 어떤 상처나 트라우마가 아이들의 가능성을 섣불리 막아버릴 수도 있을 것이다.

최근 청소년 범죄가 늘어나고 있다고 느껴지지만, 수치상 청소년 비행 사건 수는 감소했다. 2012년에 12만 건이었던 사건 수가 2015년에 7만 1,000건으로 줄었는데, 그 이유는 저출산 때문이다. 하지만 문제는 재범률이 높아지고 있다는 것이다. 재범률이 높아진다는 말은 위기 청소년들이 자라 성인 범죄자가 될 가능성이 높아진다는 뜻이다.

천종호 판사는 부산으로 돌아와 13년 만에 형사 재판을 맡게 됐는데, 그 사이에 청년들 범죄가 유독 늘어났다는 걸 체감했다. 무엇보다 보이스피싱, 계좌 대여, 인터넷 판매 사기, 보험 사기 등 범죄의 유형이 다양해졌다. 청년 범죄가 많아졌다는 건 그만큼 국가 경제가 어렵다는 뜻이기도 하다. 실업률이 높아지다 보니 건강한 사회 진출이 어려워지고, 특히 비주류에 속한 청소년들은 더더욱 사회에서 희망을 찾기가 요원하니 범죄에 가까운 한탕주의에 빠지는 것이다. 또 사회적으로 재기나 부활의 기회가 적어진 것도 주요 원인 중 하나다. 그래서 어릴 적 한 번의 실수나 미끄러짐이 인생 전체의 낙오로 이어지는 경우가 많다.

"저는 그래서 패자라는 표현을 싫어합니다. 왜 패자입니까. 아직 뒤에 처져있을 뿐이니까, 역전하고 따라잡을 수 있는 사회 구조가 되어야 하는데 이게 잘 안 되는 것 같아요. 그래서 우리 사회 공동체 전체가 이 문제에 대해, 특히 청년들 실업 문제 등 시급한 문제에도 좀 관심을 가져야 한다고 생각합니다."

결국 앞으로 우리가 살아갈 건강한 사회를 만들기 위해서라도 청년, 그리고 소년들이 자라서 바르게 사회에 진출할 수 있게끔 길을 열어주는 어른의 역할이 중요하다. 어른들의 일상도 고되겠지만, 조그마한 관심이 한 명의 아이라도 더 건강한 사회에 스며들게 할 수 있다. 그렇다면 힘닿는 만큼 노력할 의미가 충분히 있지 않을까.

"위기 청소년 부모님 중에는 자녀를 포기하려고 하는 분도 많습니다. 그때 저는 이런 말씀을 드립니다. 많은 분이 좋아하시는 어종 중에 참치가 양식이 되는 거 아세요? 그런데 참치가 크고 성격이 급하거든요. 그래서 참치 양식에 성공하기까지 수백 번의 실패가 있었습니다. 양식을 하려면 울타리를 쳐야 되는데, 참치는 울타리가 보이면 그냥 가서 들이받아 버립니다. 박고 죽어요. 전문가들이 연구를 거듭해 태평양에 참치들에게 보이지 않을 만큼 아주 큰 울타리를 쳤습니다. 참치가 도망갈 수는 없는데 울타리가 안 보이니까 마음의 여유를 가지고 그 안에서 번식을 했죠. 저는 마찬가지로 아이들에게도 아주 큰 울타리를 쳐두시라고 말합니다."

아이들을 좁은 우물에 가두려 하지 말고 아주 커다란 울타리를 치되, 그 울타리를 마지막 신뢰의 끈이라 여기며 절대 놓지 않고 지켜봐 준다면 아이들도 그 구역을 자유로이 헤엄치며 적응해 나갈 수 있지 않을까. 당장은 아이들의 방황이 뜻대로 안 되는 골칫거리일 수도 있다. 하지만 그런 행동은 어른들이 준 상처와 결핍 때문일지도 모른다. 무심히 아이들의 상처를 후벼 팔 수도 있겠지만, 이제라도 따뜻한 손길을 내밀어 줄 수도 있을 것이다. 어른들이 아이들을 실패자로 낙인찍거나 포기하지 않고 애정과 포용으로 지켜본다면 분명히 그 마음은 전해질 것이라고 믿는다.

05

당장 주어진 일을
즐기세요

🌿인생의 반전을 기다리는 법

서장훈

전 국가 대표 농구 선수이자 현 방송인. 대학생 시절, 2m 7cm라는 우월한 신체 조건으로 연세대 농구 선수팀 소속이었을 때도 대학 농구계의 스타였으며, 한국 프로 농구 리그(KBL)에서도 최다 득점을 올린 독보적인 선수로 활약했다. 그 탓에 많은 선수의 견제 대상이 되어 부상이 잦았고, 목 보호대를 착용하고 경기에 임해야 했다. 은퇴 이후에는 MBC 예능 프로그램 〈무한도전〉에 출연한 것을 계기로 방송인의 길에 접어들었다. 현재는 〈미운 우리 새끼〉, 〈연애의 참견〉, 〈아는 형님〉, 〈무엇이든 물어보살〉 등 다양한 예능 프로그램에서 진행을 맡으며 활발한 방송 활동을 이어나가고 있다.

"천재는 노력하는 자를 못 이기고
노력하는 자는 즐기는 자를 못 이긴다고 하잖아요.
물론 어떤 극한의 고통에 달했을 때
그 고통마저 즐겁게 여기면
어떤 결과로 이어질 수 있겠죠.
근데 실제로 운동을 할 땐
내가 너무 힘들어서 숨이 꼴깍꼴깍 넘어가는데,
거의 죽을 것 같은데 어떻게 즐길 수 있겠어요?
물론 마인드 컨트롤을 할 수는 있겠지만,
'즐겁게 경기하고 오늘 져도 또 내일이 있잖아!'
그런 마음으로는 못 이겨요."

코트 위의 전설로 남아 있는 국보 농구 선수, 그리고 긴 머리의 선녀 분장을 하고 고민 상담을 해주는 예능인. 언뜻 전혀 어울리지 않는 두 캐릭터이지만 서장훈은 농구 선수에서 예능인으로의 변신을 통해 완벽한 인생 이모작을 일구는 데 성공했다. '백상예술대상'과 '백상체육대상'을 둘다 수상했다는 유일한 이력도 가지게 됐다. 최근에는 예능인으로의 모습이 더 익숙하지만, 서장훈은 농구 선수로서 전무후무한 전설적인 기록을 가지고 있는 한국의 '국보'다. 그가 세운 득점 기록은 아직도 깨지지 않았을 정도다. 거듭된 승리에도 담담한 표정으로 혼자만의 고독한 싸움을 해오던 현역 시절의 서장훈, 이제는 그때의 속내를 꺼내볼 수 있지 않을까.

시작은 아웃사이더

무려 2m 7cm의 거대한 키와 체격은 유전적으로 타고난 결과다. 지금 70대이신 아버지의 키는 한창 때 180cm 후반이었고, 어머니는 키는 작지만 체격이 좋으신 편이다. 아버지의 키과 어머니의 체격에서 장점만 물려받은 셈이었다. 신체 조건만 보면 타고 난 농구 선수라고 생각할 수도 있지만, 사실 초등학생 때는 야구를 했다. 당시 프로야구가 열풍이었고 평소 운동을 좋아하기도 해서 자연스럽게 야구부에 들어간 것이다. 야구 선수가 되겠다는 꿈까지는 없었지만 학교 야구부가 대회에서 우승도 하고, 제법 소질이 있어 중학교는 야구 명문 학교로 진학을 했다.

그런데 친구들과 떨어져 혼자 다른 학교에 입학하니 외로웠다. 야구에 집중도 안 되고 흥미도 떨어졌다. 친구들이 있는 원래 동네의 학교로 다시 전학을 가야겠다고 마음을 먹었는데, 그때는 특별한 사유 없이 강북에서 강남으로 전학을 갈 수 없었다. 다행히 방법이 아예 없지는 않았다. 예외적으로 특기생 전학이 허용되었기 때문에 농구 특기생으로 농구부에 들어가면서 학교를 옮기기로 했다. 그때만 해도 농구든 야구든 아이스하키든, 어떤 운동부라도 상관없었다. 그냥 친구들이 있는 학교에 가는 게 중요했다.

얼떨결에 들어가게 된 농구부였지만 서장훈의 키는 중1이었던 당시 180cm 초반이었고, 농구를 하기 좋은 신체 조건이었다. 하지만 야구를 하다가 갑자기 농구를 시작한 참이니 초등학생 때부터 농구를 해오던 친구들에 비해 실력은 턱없이 부족했다. 그래서 서장훈은 2학년이 될 때까지도 만년 후보 선수였다. 경기를 뛰지 못할 뿐만 아니라 아무도 팀의 전력을 구성하는 데 그를 고려하지 않았기 때문에 1년 동안 혼자서 슛만 연습했다.

보통 체육관은 농구 코트가 가운데에 있고 주전들이 그

곳에서 연습을 한다. 그리고 한쪽 벽에 링만 하나 달랑 붙어 있는 곳이 있다. 서장훈은 그곳에서 늘 혼자 연습했다. 벽에 붙은 링을 향해 공을 던지고, 잡고, 또 던졌다. 시합에 나가는 주력 멤버가 코트에서 연습을 하기 때문에 후보 선수들은 사실상 소외된 채로 슛 연습만 할 수밖에 없었다.

그렇게 1년을 매일 슛만 던졌으니 다른 기술은 몰라도 슛 던지는 실력은 자연히 좋아졌다. 하지만 경기에 나가질 않으니 슛이 잘 들어가도 칭찬해 주는 사람도 없고, 이렇다 할 목표나 꿈도 없었다. 시합에 나가서 뭘 해봐야겠다는 욕심도 딱히 들지 않았다. 그저 슛이 잘 들어가면 혼자 만족하면서, 어찌 보면 무기력할 정도로 단순하게 공을 수없이 던지고 또 던졌다.

하지만 시간이 흘러 어린 서장훈도 진로에 대한 고민을 해야 하는 때가 왔다. 아무래도 운동으로 대학 가기는 그른 것 같고, 지금이라도 공부를 해야 하나 싶던 와중에 다리를 다쳐 운동을 잠시 쉬게 됐다. 재활 명목으로 세 달 정도 운동을 쉬었는데, 뜻밖에 그 사이에 키가 10cm 넘게 자라 197cm가 됐다. 운동하느라 자라지 못한 키가 밀린 성장을 몰아서 해치우듯 중3 때 거의 2m까지 자란 것이다.

"쉬고 왔는데 키가 그만해지니까 사람들이 저인지도 몰라봤어요. 그러고 나서 인생이 드라마틱하게 바뀌었죠. 그 후에 시합에 나가게 됐는데, 어라, 너무 쉬운 거예요."

중학생 농구는 실력의 편차가 아주 큰 시기가 아니라 체격이 중요하다. 2m 선수가 피지컬로 압도하는 데에는 누구도 막을 사람이 없었다. 거기에 그동안 혼자 슛 연습을 하며 쌓아놨던 기량이 빛을 발하기 시작했다. 그렇게 대회 우승을 하고 중3 때 인생 첫 인터뷰를 하게 됐다. 신문 〈스포츠서울〉에서 서장훈이라는 한국 농구의 유망주가 나타났다는 사실을 알렸다.

사람들의 관심이 집중되며 모든 게 바뀐 서너 달 사이, 서장훈은 자신의 인생이 결정되었다고 생각했다. 농구가 내 길인지 아닌지 갈팡질팡하던 사춘기 소년은 그 무렵, 최고의 농구 선수가 되어야겠다고 결심했다.

"최고가 된다는 게, 막연하지 않고 충분히 가능성이 있다는 생각이 드니까 뚜렷한 목표가 생기더라고요. 웃긴 게 당시 현주엽 선수가 한 학년 아래였는데 원래는 저희가 제일 못해서 맨날 땡땡이치고 놀러 다녔어요. 근데 내가 키가 클 때 현주엽 선수는 살이 빠지면서 둘 다 기량이 급성장한 거죠. 둘이 같이 뛰니까 성인도 상대할 만한 거예요. 내가 대학 가서 좋은 동료들하고 뛰면 농구 대잔치에 가서 실업팀 다 이기고 우승을 할 수 있겠다는 확신이 들었어요."

농구 스타의 서막

고3이 되자 서장훈을 향한 대학들의 스카우트 전쟁이 시작됐다. 이미 고등학생 때 압도적인 경기력을 보여준 차세대 최고 센터 서장훈이 어느 대학으로 스카우트될 것인지에 대한 기사가 신문에 매일같이 도배되며 이목이 집중되고 있었다. 대학을 결정하기 전까지 연세대, 고려대 농구팀 감독님이 매일 집에 와서 부모님과 저녁을 먹고 있을 정도였다. 두 학교가 서장훈을 스카우트하기 위해 치열하게 경쟁했고, 서장훈은 최종적으로 연세대를 선택했다.

"청소년 경기를 같이 뛰었던 친한 형들이 연대 쪽에 더 많았거든요. 지금 생각하면 그런 이유로 결정한다는 게 좀 황당하지만 그때는 순수하니까 형들을 배신할 수 없다는 생각에 연대를 선택한 것도 있고, 또 한 가지는 캠퍼스의 낭만을 좀 꿈꾸기도 했죠."

신촌 대학로 자체가 워낙 화려한 데다가 연세대가 유독 여학생 비율이 높다는 점도 한몫했다. 이곳에서 대학의 낭만을 즐길 수 있지 않을까 하는 기대감이 섞인 결정이었던 셈이다. 하지만 기대와 달리 서장훈은 대학 입학 후 바로 국가 대표 선수가 되었고, 바쁘게 훈련하느라 상상했던 대학의 낭만 근처에는 가볼 수도 없었다. 일반적인 경우라면 농구 선수들도 학교에서 밥도 먹고 수업도 들으며 어느 정도 대학 생활을 즐기겠지만, 그때는 농구 열풍이 일었던 시기라 농구 선수들에게 대중의 관심이 어마어마하게 집중되고 있었다. 당시의 농구 선수는 보통의 학생들과 분리되어 생활하는 농구 스타의 개념에 가까웠다.

　서장훈이 연세대 농구팀에 소속되어 활동할 때는 '연세대 무적시대'라는 말이 있었을 정도로 연세대 농구 팀의 전성기였다. 그 명성을 보여주는 대표적인 일화가 바로 연세대 농구 팀의 '농구대잔치' 우승이다. 당시 국내 최대 규모의 농구 대회이자 겨울 스포츠의 꽃으로 불리던 '농구대잔치'에서는 기아자동차 실업 농구 팀이 7, 8년 동안 연달아 우승하고 있었다. 기아 농구 팀에는 허재, 강동희, 한기범, 김유택 선수 등 쉽사리 대적할 수 없는 엄청난 선배들이 포진해 있어 누구도 쉽게 기아를 꺾지 못하고 있었다. 그런데 그때, 연세대 팀이 대학 팀, 실업 팀까지 전부 경쟁하는 농구대잔치에서 우승을 차지하는 이례적인 일이 벌어졌다. 대학 팀의 우승은 1983년에 농구대잔치가 창설된 이래 10년 만에 처음 있는 일이었다. 어린 대학팀이 최강 실업 팀을 꺾고 우승하다니, 비현실적인 드라마 같은 이야기에 모두가 열광했다. 경기에서 활약한 서장훈은 단연 MVP를 차지했다.

1990년대 연세대 농구 팀과 농구대잔치의 인기를 발판으로 1997년에 한국 프로농구리그 'KBL'이 출범했을 정도이니 그때 농구에 대한 열기를 짐작할 만하다. 농구 만화 《슬램덩크》와 농구 드라마 〈마지막 승부〉까지 대히트를 치면서 그야말로 농구 전성시대가 열렸다. 덕분에 연세대 농구 팀의 인기는 더욱 치솟았고 선수단에 하루에 팬레터가 1,000통씩 올 정도로, 그 나이대에 감당하기도 어려운 관심이 쏟아졌다. 너무 인기가 많아서 당시 절찬리 방영되던 〈마지막 승부〉에 연세대 농구팀이 단체로 카메오 출연을 했을 정도였다.

"그땐 철이 없었으니까 농구 선수가 왜 드라마에 출연해야 하느냐고 생각해서 달갑지 않았어요. 농구 선수의 자존심도 지키고 싶고…. 이후에도 선수 시절엔 정말 최소한으로만 방송 활동을 하고, 거의 출연을 안 했어요. 근데 지금은 예능인이 되어 있으니까 사람 앞날은 참 모를 일이죠."

감독님이 선수들에게 여러 프로그램에 나가서 팀 홍보도 하고 팬 서비스도 하라며 예능 활동을 적극 권장하시기도 했다. 서장훈은 나름의 고집과 신념이 있어 웬만하면 방송에 직접 출연하지는 않으려고 했지만, 한편으론 여러 매체에서 조명해 주는 덕분에 농구가 더 많은 사랑을 받을 수 있다는 데에 감사하는 마음도 있었다. 사실 요즘에는 농구에 대한 관심이 줄어들고 있는 듯해 안타깝다. 농구 시합에서의 경기력도 좋아야 하겠지만, 농구 문화에 팬들이 볼거리, 먹을거리, 즐길 거리 등 여러모로 누릴 수 있는 트렌디한 인프라가 곁들여지며 더욱 활발한 스포츠 문화가 만들어지길 바라는 마음이다.

승부사로의 도약

한창 농구 선수로서 명성과 인기를 누리던 시기, 매일 스포츠신문 1면에 사진이 실리고 숙소 앞에 팬들이 모여드니 서장훈은 마치 자신이 세상의 중심에 있는 것 같은 기분을 느낄 수밖에 없었다. 연세대 최희암 감독님이 '너희들이 대단한 줄 아느냐, 연필 하나라도 만들어 팔아본 적이 있느냐, 농구만 하면서 무슨 생산성 있는 일을 한다고 거만해지느냐'며 혼낼 때도 있었지만 귀에 잘 들리지 않았다. 그렇게 대학 농구에서의 전성기를 누리던 중에 1995년, 서장훈은 돌연 미국으로 유학을 떠났다.

미국 대학에 가서 농구하다가 눈에 띄면 NBA에 가겠거니 하는 단순한 생각으로 떠난 유학이었다. 그런데 막상 가서 보니 미국 대학 농구 팀에 편입생은 1년간 뛸 수 없다는 제한이 있었다. 그래서 1년 동안 경기도 못 뛰고 주전 선수들의 연습 상대만 해주며 시간을 보냈다. 경기 때 벤치에도 못 앉고 관람만 하며 점점 외롭고 자괴감이 들고 있던 중에, 여기서 시간 낭비하지 말고 차라리 한국으로 가서 다시 시작하자는 마음이 들어 1년 만에 다시 한국으로 돌아왔다. 실력 발휘 한번 해보지 못하고 돌아왔으니 어찌 보면 허무한 일이었지만 이때의 미국 유학은 서장훈의 농구 인생에 중요한 터닝 포인트가 됐다.

"미국에서 얻어온 건 있었어요. 갔다 온 다음부터 생각이 완전히 바뀌었거든요. 정말 진정한 프로페셔널이 되어야겠다고 결심을 했죠. 그때부터 은퇴할 때까지 머리에 뭘 바른 적이 한 번도 없을 정도로, 다른 모든 걸 그만두고 오직 내가 원하는 목표, 아무도 범접할 수 없는 경지까지 가는 것만 생각하게 됐어요. 인기는 그냥 거품이고 진정한 승부사가 돼야 한다는 목표가 생긴 거죠."

늘 사람들의 관심 한가운데에 있다가 아무도 나를 모르는 곳에서 1년을 보내 보니 농구 스타가 아닌 농구 선수로서 어떻게 살아나가야 할지에 대해 첫 단계부터 차근히 성찰하게 된 것이다. 다른 건 아무것도 신경 쓰지 말고, 프로페셔널한 마인드로 누구도 범접할 수 없는 최고의 농구 선수가 되자는 것에만 집중하기로 마음먹었다.

그렇게 한국으로 돌아온 서장훈은 1996년부터 명실상부 최고의 승부사로서의 기록을 쌓아나가기 시작했다. 2년 연속 농구대잔치 우승으로 대학 농구 생활에 유종의 미를 찍고, 프로로 전격 데뷔하며 매 경기마다 KBL의 전설을 써내려 갔다. 무려 7년 연속 평균 득점 20점 이상을 기록하고 10년 넘게 득점과 리바운드에서 국내 순위 1, 2위를 차지했다. KBL 최초로 1만 득점을 기록했고 서장훈의 최고 득점, 리바운드 기록은 은퇴한 지금까지도 깨지지 않고 있다.

서장훈에게 특히 기억에 남는 경기는 20여 년 만에 중국에게 이기고 금메달을 딴 2002년 부산 아시안게임이다. 드라마였어도 비현실적이라고 했을 법한, 스릴 넘치는 역전승이었다. 거의 질 거라고 생각했는데, 연장전에서 3점 골을 넣고 뒤집으며 극적으로 승리한 것이다. 국가 대표가 된 이후로 농구의 강자였던 중국을 이겨야 한다는 책임감은 항상 숙제처럼 마음속에 남아있었다. 국민이 중국전에서 서장훈에게 거는 기대를 알고 있었기에, 마침내 결승전에서 승리했을 때에는 오랫동안 가지고 있던 풀리지 않는 매듭을 드디어 속 시원하게 풀고 해결한 듯한 성취감이 밀려왔다. 그 경기는 NBA 스타 야오밍이 아시아 국가에게 패배한 유일한 국제 경기로 기록되었고, 서장훈이 선수 생활 중에 유일하게 눈물을 보였던 경기이기도 했다.

우리 안에 갇힌 사자

코트 위의 서장훈은 웃는 얼굴을 거의 볼 수 없을 정도로 무뚝뚝하고 화가 난 표정일 때가 많았다. 어쩌면 지금도 서장훈을 심판에게 항의하거나 삿대질하고, 분노하는 모습으로 기억하는 사람이 많을 수도 있다. 당시 상대 선수들의 '정상적인 수비로는 서장훈을 이길 수 없으니 무조건 파울로 수비를 해야 한다'는 암묵적인 분위기 탓에 서장훈은 많은 견제와 파울의 대상이 되었다. 게다가 심판은 그때마다 일일이 휘슬을 불면 경기 진행이 되지 않는다며 묵인하고 넘어가기 일쑤였다. 서장훈은 억울함에 격렬하게 항의했지만 유난히 부상 투혼을 발휘해야 했던 경기가 많았다. 결국 서장훈은 더욱 예민해지고 호전적인 모습을 보일 수밖에 없었다.

미국 유학을 떠나기 전인 1995년 2월, 연세대와 삼성전자의 경기에서 서장훈은 상대편 선수와 충돌하며 목을 다치고 기절했다. 사실상 폭행에 가까울 정도의 고의적인 가격이었다. 거친 파울에도 심판이 휘슬을 불지 않고 넘어가는 경우가 많다 보니 무자비한 파울을 해댄 것이다. 목이 뒤로 꺾이면서 전신에 마비가 왔다. 다행히 얼마 후 무사히 회복했지만 2005년 프로 데뷔 이후 다시 한 번 똑같이 목이 다치는 부상을 입었다. 서장훈에게 유독 거칠게 들어오는 수비 전략 탓이었다. 상대 팀 선수들에게 서장훈은 그냥 '싸워서 무찔러야 할 공공의 적'이었다.

두 번이나 몸이 마음대로 움직여지지 않는 마비 상태를 겪으니 정말 무서웠다. 병원에서는 한 번만 더 충격을 받으면 정말 영원히 마비가 올 수도 있으니 농구를 그만두라고 권유했다.

"의사가 전신 마비가 올 수도 있으니 그만하라고 은퇴를 권유하니까 나도 겁이 났죠. 근데 그때가 30대 초반이니까 얼마나 할 일이 많아요. 생각해 보니까 그냥 살다가도 불의의 사고가 날 수 있는 거고, 길 걷다가도 사고가 날 수 있는 건데 목 꺾이는 게 겁나서 그만두고 싶진 않았어요. 그래서 고민하다 마련한 게 특수 목 보호대예요. 뒤로 꺾이지 않게 직접 만든 거죠."

그동안 죽기 살기로 열심히 노력해 왔는데 부상이 무섭다고 일찍 꿈을 접을 수는 없었다. 그래서 그때부터 목 보호대를 사용하기 시작했다. 목 보호대를 쓰면 목이 뒤로 꺾이지는 않지만 시야가 자유롭지 못하고 답답하다는 불편함을 감수해야 했다. 그래도 목 보호대는 서장훈에게 일종의 갑옷이자 살기 위한 최후의 방도였다. 당연히 부정적인 시선도 따라붙었다. 집중 마크당하고 있다는 걸 어필하려는

'쇼잉'이 아니냐는 비난도 있었고, 유난스럽다며 부정적으로 보는 시선도 있었지만, '그렇게 몸이 안 좋은데 왜 뛰느냐'고 핀잔을 듣거나 오해와 구설에 휘말릴까 봐 은퇴할 때까지도 목 보호대를 착용하는 자세한 사정을 외부에 설명하지 않았다.

경기를 하면서 심판에게 화내던 모습을 지금 돌이켜 생각하면 '내가 침착하지 못하고 많이 부족했구나' 싶지만, 그땐 명백한 파울인데도 편파 판정을 받는 것에 대한 피해의식이 컸다. 그런데 그에 대해 과한 대응을 하면 대중의 비난도 쏟아졌으니, 코트 위 서장훈은 늘 전쟁에 나가는 장수처럼 날카롭게 벼려져 있을 수밖에 없었다. 몸과 마음이 성한 날 없이, 내 편이 없는 코트 위의 고독한 싸움이 계속되는 나날이었다.

"제가 아주 힘이 좋았던 최고 전성기 때는 제가 마치 우리 안에 갇힌 사자 같다고 느꼈어요. 우리 안에 사자를 가둬놓고 가만히 있으면 사자도 가만히 있거든요. 그런데 안으로 막대기를 집어넣고 찌르면 사자가 열 받으니까 울부짖고 폭발하잖아요. 사람들은 그걸 보고 좋아하고. 내가 그 사자 같다는 느낌을 계속 받았어요. 내가 화가 나서 난리를 치면 사람들은 저에게 욕을 해요. 그럴수록 저는 이걸 이겨낼 수 있는 방법은 다른 게 없다, 잘해서 실력으로 작살을 내자, 마음먹는 거죠. 그러면 또 심판 판정에 예민해져요. 이런 악순환의 연속이었어요. 그렇게 쳇바퀴 돌 듯이 살아온 거예요."

서장훈도 사람인지라 비난 여론을 의식하지 않을 수 없고 심적으로 힘들기도 했다. 하지만 그럴수록 당당히 보여줄 수 있는 건 오직 실력뿐이라고 생각했다. 그래서인지 서장훈에게 가장 혹독했던 사람은 바로 자신이었다. 서장훈은 공을 20번 던져서 15번이 들어가도 실패한 5개에 대해서 생각하느라 한 번도 경기에 만족한 적이 없었다. 경기에 승리해도 기쁘기보다는 항상 '더 잘할 수 있지 않았을까' 하며 자신을 채찍질하는 데 익숙했다.

"프로 스포츠가 할 수 있는 최고의 팬 서비스는 양 팀이 어떠한 속임수도 없이 치열하게 최선을 다해 승부를 내는 거라고 생각했어요. 웃으면서 좋은 모습을 보이는 것보다 코트에서 이기려고 노력하는 걸 보여주는 게 오히려 팬 서비스가 아닌가. 물론 동의하지 않는 분이 있다는 것도 잘 알아요. 제 나름대로의 철학이 있더라도 그걸 보는 사람들 입장에선 불편했을 수 있죠. 저도 지금 보면 '내가 저렇게까지 성질을 낼 필요가 있었나' 라는 생각도 들긴 하더라고요."

경기는 사투였다

시합 전날 야식을 먹으며 느긋하게 늘어져 있다가 다음 날 경기에서 최상의 실력을 발휘한다는 것은 말이 되지 않는다. 승리에 대해 항상 치열하고 진지했던 서장훈은 모든 일상을 시합에 맞춰 정확하게 정돈했다. 방송을 통해서도 익히 알려진 그의 결벽도 어찌 보면 선수 시절의 예민한 자기관리의 영향이 크다. 징크스, 루틴, 강박, 결벽…. 어릴 땐 없던 버릇이지만 경기 승리에 대한 집착이 커지면서 평소 생활에서도 스스로에게 엄격해졌다.

그의 하루 일정은 일반 사람들이라면 생활 자체가 불편하다고 느낄 만큼 촘촘했다. 매일 늘 같은 시간에 같은 일을 했다. 이를테면 시합 전날, 오후 3시 경기라면 보통 선수들은 오전 11시에 밥을 먹는데 서장훈은 그렇게 하면 몸이 무거운 듯해 감독님과 구단에 양해를 구해 혼자 오전 10시에 밥을 먹었다. 그다음 오전 11시에는 샤워를 하고 방을 깨끗하게 치운 뒤 같은 시간에 나가서 운동을 하는 식이었다. 시합할 때는 이전에 이겼을 때 입었던 유니폼을 입었다. 신발은 반드시 오른쪽부터 신고, 신발 끈은 왼쪽부터 묶었다. 그런 소소한 규칙이 몇백 개씩 있었다.

"하나라도 어긋나면 마음이 불안했어요. 링 안에 농구공을 넣는 건 굉장히 예민한 작업이에요. 던지는 순간 옷자락만 슬쩍 건드려도 안 들어가요. 근데 내가 정신을 놓고 흐트러져 있다가 가서 공을 넣는다는 건 상상할 수가 없는 일이었어요. '저렇게까지 해야 하나', '까다롭다'는 생각을 할 수도 있죠. 근데 까다로운 것보다는 내가 최상의 컨디션으로 시합에 임하는 게 훨씬 중요했어요."

마치 전쟁에 나가는 장수가 목욕재계를 하고 마음가짐부터 다듬듯, 서장훈은 혼자만의 규칙을 지켜나가며 경기에 임하기 전 매번 나름대로의 의식을 치렀다. 경기가 잘 풀리지 않으면 그날 규칙을 하나씩 되새기며 문제를 찾고 하나씩 바꿔나갔다. 그렇게 서장훈은 심리적, 신체적인 컨디션이 가장 완벽할 수 있는 규칙으로 하루를 채웠다. 특별한 음식을 먹거나 정해진 시간 외에는 간식을 먹는 법도 없이 오직 경기를 위해 기능하는 안전한 서장훈을 빚어냈다.

"승부욕이 정말 컸어요. 저는 계속 이겨왔기 때문에 늘 이겨야 되는 사람이고, 이겨 봐야 본전이었어요. 그걸 유지하기 위해 그 정도 준비는 되어 있어야 한다고 생각했고, 안 그러면 불안했죠."

주위에서 잘한다고 칭찬해도 그에 도취될 겨를도 없이

다음에도 이겨야 한다는 생각이 들었다. 아무리 실력에 자신감이 있어도 실전에서 혹시 모를 변수를 차단해야 한다고 생각했고, 이를 위한 준비는 아무리 지나쳐도 과하지 않다고 여겼다. 서장훈에게 농구는 즐기고 사랑할 수 있는 여가나 보험 같은 게 아니라 생존이었다. 공과 마주하는 매 순간이 진지한 사투였다. KBL 정규 리그에서 1년에 팀이 뛰어야 하는 54번의 경기는 서장훈에게 살기 위한 치열한 54번의 생존 경기였다.

"천재는 노력하는 자를 못 이기고 노력하는 자는 즐기는 자를 못 이긴다고 하잖아요. 물론 어떤 극한의 고통에 달했을 때 그 고통마저 즐겁게 여기면 어떤 결과로 이어질 수 있겠죠. 근데 실제로 운동을 하고 있을 땐 내가 너무 힘들어서 숨이 꼴깍꼴깍 넘어가는데, 거의 죽을 것 같은데 어떻게 즐길 수 있겠어요? 물론 마인드 컨트롤을 할 수는 있겠지만, '즐겁게 경기하고 오늘 져도 또 내일이 있잖아!' 그런 마음으로는 못 이겨요."

말하자면 경기장 안에 들어가 둘 중 하나는 죽어야 끝나는 검투사의 자세와 비슷했다. 어떻게든 못 이기면 죽는다는 생각으로 뛰었다. 행복이나 즐거움은 농구가 아니라 다른 데서 느끼면 되는 감정이었다. 그러다 보니 농구 선수로 주목받기 시작한 이후 서장훈은 한 번도 농구를 즐기지 못했다. 경기에 승리해야 한다는 압박감이 모든 걸 눌러버렸기 때문이다. 하지만 그때가 아쉽지는 않다. 농구를 즐겼다면 그 마음이 줄어든 순간 농구를 그만두었을지도 모른다. 서장훈은 농구가 감정이 아니라 숙명이라고, 그렇게 목숨을 걸다시피 임했기 때문에 1만 3,000점이라는 최다 득점 기록이 나올 수 있었다고 회상한다.

인생이 끝난 바로 그곳에서

농구를 하는 마지막 날까지도 경기에서 훌륭한 기량을 보이고 물러나는 것이 서장훈이 오랫동안 생각해온 은퇴의 그림이었다. 그런데 39세가 되던 해에 구단과의 갈등이나 개인적인 사정 등 좋지 않은 일이 겹치며 슬럼프가 찾아왔다. 농구를 처음 시작했던 중3 때부터 한 번도 긴장을 늦추지 않고 팽팽하게 잡고 있던 고무줄을 확 놓아버린 것이다. 그러면서 그해에 은퇴를 해야겠다는 생각이 들었는데, 같은 해에 이혼을 하면서 세간의 주목을 받았다.

정신 없는 와중에 유야무야 은퇴를 하고 싶지는 않았다. 서장훈은 농구 선수로서 제대로 은퇴하려면 마무리를 잘해야겠다 싶어서 1년을 더 뛰기로 하고 연봉 전부를 기부하기로 했다. 그렇게 마지막 시즌을 보내고 난 2013년 3월 9일, 서장훈은 그날 경기에서 33점을 득점하며 27년간 땀 흘리며 뛰었던 코트와 작별을 나눴다.

"그날 경기는 좀 이상했어요. 우리는 공이 손에서 뜨는 순간 들어갈 골인지 아닌지 직감적으로 알아요. 그런데 들어갈 골이 아닌데도 자꾸 들어가더라고요. 하늘이 그동안 고생했다고, 마지막 날 멋있게 그만두라고 하는 것처럼."

은퇴식 때 절대 울지 않아야겠다고 다짐했지만 전광판에 자신의 농구 히스토리가 천천히 스쳐지나가자 눈물을 참을 수가 없었다. 아직까지도 서장훈에게 은퇴는 가장 슬프게 들리는 단어다. 인생 그 자체였던 일을 그만둔다고 생각하니 설명할 수 없는 감정들이 울컥하고 벅차올랐다.

"그날 시합 전에 기자회견을 했는데 어떤 분이 그걸 물어보셨어요. 오늘 경기가 끝나면 이제 앞으로의 계획은 뭡니까? 그래서 내 계획은 이 기자회견 끝나면 가서 몸 잘 풀고, 신발 끈 묶고 있다가 골 많이 넣는 게 내 계획이라고 대답했죠. 그 이후의 인생은 없다고 생각했어요."

'바람 불어와 내 맘 흔들면 지난 세월에 두 눈을 감아

본다. 나를 스치는 고요한 떨림 그 작은 소리에 난 귀를 기울여본다.' 은퇴하는 순간에 흘러나오던 나얼의 〈바람기억〉이라는 노래 가사처럼 서장훈은 지난 영광과 투쟁, 만남과 이별의 순간들을 묵묵히 떠올렸다.

아무도 자신에게 관심이 없던 만년 아웃사이더 시절, 서장훈은 운 좋게 출전했던 공식 경기에서 첫 골을 넣었던 순간을 아직도 소중히 기억하고 있다. 이미 경기의 승패가 결정난 가비지 타임(garbage time)에 던진 공이라 아무도 기억하지 않는 보잘것없는 골이었으나 그날 소년은 집에서 잠이 안 올 정도의 기쁨을 만끽하며 그 순간을 오랫동안 되뇌었다. 어쩌면 바로 그 순간이 서장훈을 농구의 길을 포기하지 않고 걷도록 했는지 모르겠다. 그 끝자락에 선 서장훈은 농구 이후의 인생은 그저 덤으로 따라오는 것이라고 생각했다. 오직 누구도 범접할 수 없는 최고의 농구 선수만이 서장훈의 유일한 꿈이었고, 그 꿈이 막을 내렸다.

그런데 누가 짐작이나 할 수 있었을까? 인생에서 가장 중요한 장을 넘긴 서장훈에게는 상상도 못했던 인생 제2막이 기다리고 있었다. 서장훈은 은퇴 이후 40여 개가 넘는 방송 프로그램에 출연했고, 그중 〈미운 우리 새끼〉, 〈동상이몽〉, 〈무엇이든 물어보살〉, 〈연애의 참견〉 등의 프로그램에 고정 MC를 맡을 만큼 완전한 방송인으로 거듭났다.

"사실 원래는 은퇴하고 몇 년 정도는 쉬기만 하려고 했어요. 이제 다 내려놓자고 생각해서 선수 생활 때와 다르게 아예 무질서하게 살기 시작했던 거죠. 그런데 어느 날 유재석 씨한테 전화가 와서 잠깐만 보자는 거예요. 그렇게 많은 분이 아시듯 〈무한도전〉 '유혹의 거인' 편에 출연했는데 반응이 너무 좋았던 거죠."

그 이후로 방송에서 섭외가 물밀듯이 들어왔다. 갑작스러운 변화에 가장 먼저 느낀 것은 자신을 향한 사람들의 시선이 달라졌다는 점이었다. 농구 선수로 활동할 때는 '내가 공공의 적인가' 싶을 정도로 차가운 관중의 시선이 쏟아졌는데, 대중들에게 친근한 거인 캐릭터가 되니 호감 어린 관심을 받았다. 어쩌면 서장훈이라는 사람에 대한 대중의 편견을 바꿀 수도 있겠다는 생각이 들었다.

"사람들이 저에 대해서 잘 몰랐어요. 코트에서 인상 쓰고 싸우는 모습만 보니까 굉장히 까칠하고 못된 사람이라고 생각하시는데, 그건 선수로서의 페르소나인 셈이고 사실 지금 방송하고 있는 서장훈이 평소의 제 모습이거든요. 그런 모습을 보여줄 기회인 것 같아서 점점 방송 출연을 긍정적으로 생각하게 됐어요."

방송을 하면서는 경기에서처럼 죽기 살기로 날을 세울 필요가 없었다. 농구에서는 승리를 위한 자존심, 자부심, 승부욕 같은 감정들이 중요했다. 농구 선수 서장훈은 승리를 향한 이기적인 플레이어였을지 몰라도, 그는 농구 외에는 자존심을 세우거나 집착하는 면모가 없는 편이다. 예능은 일종의 논제로섬(Non Zero-sum) 게임이라 누가 이기고 지는 것 없이 다 같이 잘하면 즐거워지는 식이니 농구와는 완전히 다른 종류의 판이었고, 마음이 편했다.

무엇보다 서장훈은 방송 전문가도 아니고, 최고도 아니었다. 스스로 노력으로 쟁취해 얻었다기보다 덤으로 고맙게 온 선물 같은 자리였기에 정상으로 올라가려고 애쓰거나 가진 것을 지키려고 힘을 줄 필요가 없었다. 그저 많은 분이 찾아주는 데 감사한 마음이고, 제작진이나 출연진들에게 폐는 끼치지 말아야 한다는 생각으로 최선을 다하려고 할 뿐이었다. 처음엔 연예인이라고 하기엔 쑥스럽기도 하고 이 분야에 오래 있던 분들에게 실례가 아닐까 싶어 주저했지만 어느덧 그는 누가 봐도 명실상부 인생 이모작을 성공한 방송인 서장훈이 되었다. 앞으로 또 어떤 삶을 살게 될지는 모르지만 인생에 생각지 못한 반전이 있다는 걸 몸으로 경험한 만큼, 당장 주어진 일을 즐겁게 열심히 하자는 게 서장훈의 현재 계획이다.

하지만 그럼에도 그는 여전히 농구인이기에, 어떤 방법

으로든 농구에 기여하고 싶은 마음이 크다. 지금 또 다른 길을 걷는 서장훈이 있는 것도 과거의 농구 선수 서장훈이 있었기에 가능한 일이라고 생각하기 때문이다. 농구 선수로서도, 예능인으로서도 뚜렷한 존재감을 자랑하며 예측할 수 없는 방향으로 흘러온 그의 인생이 앞으로는 또 어떤 방향으로 나아가게 될까. 분명한 건 그는 이제 어디에서든 충분히 행복해질 자격이 있다는 것이다.

06
주변의 어려움을
외면하지 마세요
🌿함께 살아갈 세상을 만드는 방법

인요한

190cm가 넘는 키에 파란 눈을 가진 한국인 의사. 어린 시절 대부분을 전남 순천에서 보냈기에 스스로를 '전라도 촌놈 인요한'이라고 소개한다. 연세대학교 의과대학을 졸업한 후 현재 세브란스 병원 국제진료센터 소장으로 일하고 있다. 호남 기독교 선교의 아버지 유진 벨(Eugene Bell) 선교사가 그의 진외증조부이며, 22세의 나이에 한국에 와 48년 동안 의료와 교육 선교 활동을 하신 윌리엄 린튼(William Linton) 선교사, 전남 지역을 중심으로 500여 개가 넘는 교회를 개척하다 교통사고로 숨을 거둔 휴 린튼(Hugh Linton) 선교사가 그의 할아버지와 아버지이다. 이 뜻을 이어받아 인요한도 제대로 된 의료 혜택을 받지 못하는 남녘의 소외된 이웃들과 결핵으로 고통 받는 북녘 동포를 돕는 일에 앞장서고 있으며, 최초의 한국형 구급차를 개발하고, 보급하는 일에도 힘써 왔다.

"앰뷸런스를 기증한 것은 신성한 보복이었어요.
구급차를 만들어서
아버지의 죽음에 대한 한을 푼 거죠.
완성해 놓고 보니 절로 눈물이 났어요.
어머니는 이 앰뷸런스 자체를
아버지라고 생각할 정도였어요.
그 앰뷸런스가 그해 순천에서
1,000번을 출동했고, 앰뷸런스가 없으면
살 수 없었을 67명의 환자를 살렸어요.
아버지는 가셨지만, 아버지로 인해서
그 많은 목숨이 살아난 겁니다."

한 사람의 인생에 이렇게나 많은 역사적 순간이 큼직한 자취를 남기며 새겨질 수 있을까. 전라도 사투리를 쓰면서 유년기부터 쭉 대한민국의 일원으로 살아온 푸른 눈의 그는 한국판 〈포레스트 검프〉를 연상시키듯 우리 현대사의 중요한 장면마다 등장하며 깊은 족적을 남겼다. 개인과 역사의 상처 자국을 마주할 땐 자신이 할 수 있는 일을 찾았고, 이념과 사상 앞에선 그보다 중요한 인간 생명의 가치와 의료인으로서의 깨달음을 전하기도 했다. 한 편의 영화 같은 인생을 살아온 인요한 교수는 또한 누구보다 한국을 사랑하는 순천인이기도 하다.

파란 눈의 전라도 사나이

겉으로 보기에는 완전히 외국인이지만 인요한은 할아버지 때부터 한국과 인연을 맺고 벌써 4대째 한국에서 살고 있다. 2012년부터는 〈국적법〉에 따른 '국가에 대한 공헌'을 인정받아 특별 귀화를 해 미국 국적을 유지하면서 한국인이 됐다. 해당 법이 시행된 이래 처음으로 특별 귀화를 한 제1호 외국인이기도 하다.

한국과의 첫 인연은 1895년, 아버지의 외할아버지인 진외증조부 유진 벨 선교사가 전라도를 중심으로 활동하면서 시작되었다. 그분들의 딸인 샬롯 벨(Charlotte Bell)과 한국을 찾은 또 다른 젊은 선교사 윌리엄 린튼이 결혼해서 낳은 아들이 바로 인요한 교수의 아버지, 휴 린튼이었고 집안 대대로 전라도를 중심으로 하여 선교 활동을 해왔다.

할아버지 윌리엄 린튼은 전주 기전여고와 신흥고 교장을 지낸 교육자이자 항일운동가였다. 일제강점기 때 만세운동에도 참여했고, 신사참배를 거부한다는 이유로 학교가 폐교되고 강제 추방까지 당한 일도 있었다. 추방된 지 5년 만에 대한민국이 독립을 맞이하면서 한국으로 돌아와 신흥고 교장으로 복직했는데, 그때 제일 먼저 한 일이 일제 신사 터에 공중화장실을 만든 것이었다. 신사에 얼마나 한이 맺혔는지, 할아버지의 통쾌한 복수인 셈이었다.

인요한 교수는 전주에서 태어났지만 태어나자마자 순천으로 가서 어린 시절은 모두 순천에서 보냈다. 그때는 '인요한'이 아니라 '인짠이'로 불렸다. 미국 이름인 John을 전라도 식으로 발음한 것이다. 이름도 특이하고 친구들과 생김새가 달랐을 테지만 그때는 거울을 보지 않아 그런 줄도 몰랐다. 오히려 서울에서 전학 온 아이가 있으면 "저 애는 우리랑 말하는 게 다르다잉" 하며 신기해했다.

"그때 순천은 에덴동산 같은 곳이었죠. 학교 끝나면 친구들이랑 만나서 남의 집 감도 서리하고 밤도 따 먹고, 여름에는 수

박을 서리해서 들고 뛰면 얼마나 힘든 줄 모르죠?"

점심 때 윗목에 쌓아놓았던 고구마를 마루에 나와 먹으면서 공중에 던지면 강아지가 공중에서 낚아채 먹었던 기억이 선명하다. 어린 시절 겪은 한국 문화 중에서 지금까지도 가장 좋아하는 것은 바로 초가집의 온돌 문화다. 온돌방에서 고구마에 김치를 얹어 먹으며 사람들과 어울려 지내던 시간은 가난했지만 행복했다.

한국에서 나고 자랐으니 자연히 영어를 배울 기회는 따로 없었다. 6남매의 형님들도 초등학교부터 한국 학교를 다녔으니 다들 영어를 못했는데, 부모님이 막내인 요한에게는 홈스쿨링을 하며 영어를 배우게 하셨다. 요한은 초등학교 과정을 마친 뒤 대전에 있는 외국인 학교로 진학했는데, 그곳은 너무 낯설고 적응하기 어려웠다.

친구들 사이의 분위기도 순천과 너무 달랐다. 기본적으로 상대방의 양해를 칼같이 구해야 했다. 친구에게 치약 하나를 빌리더라도 허락을 받아야 하는 게 이상했다. 순천에서는 뭐든 다 공동의 것이고 가진 것 안에서는 서로에게 모두 베풀었다. 물론 외국인 학교에서의 친구들이 나쁜 게 아니라, 그들은 지금까지 그들이 살아온 정서대로 행동했다는 건 알지만 순천 토박이로 살아온 그에게는 오히려 문화 충격이었다.

"한국인에게는 정이라는 게 있잖아요. 어릴 때 마당에서 놀고 있으면 행상인들이 불쑥 들어와서 물건을 풀어 놓고 팔았는데, 그 사람들이 배고프다고 밥이나 한 그릇 달라고 하면 누구나 싫은 기색 없이 밥을 차려줬어요. 사극을 봐도 선비가 아무 집에 가서 '이리 오너라' 하면서 하룻밤 재워달라고 하잖아요. 지금은 많이 사라져서 아쉽지만 자기 것을 아끼지 않고 남과 나눌 수 있는 것, 그런 게 한국인의 정인 거 같아요."

한국 의사 면허 시험을 치르다

인요한은 한국 의사 시험에 합격한 최초의 서양인 의사이자, 의학적 설비가 갖추어진 한국형 앰뷸런스를 최초로 개발한 사람이기도 하다. 어릴 때는 자유롭게 돌아다니며 달달한 엿을 파는 엿장수가 제일 부러웠던 시골 소년이 의사가 되기로 결심한 계기는 다친 염소에 대한 짧은 대화 때문이었다. 개에게 물려 다친 염소를 치료하는 걸 옆에서 보고 있는데 아버지 친구분이 오셔서 물었다.

"불쌍하지?"

"너무나 불쌍해요."

고개를 끄덕이며 대답했더니 그분이 한마디 덧붙였다.

"동물도 이렇게 불쌍한데, 이만큼 아픈 사람도 많단다."

그 말을 듣자 '나는 사람도 좋아하고 과학도 좋아하니 나중에 크면 의사가 되어야겠다'라는 확실한 결심이 들었다.

이후 의대에 진학해 공부할 때 외국인 친구들은 모두 자국으로 돌아가서 의사 면허 시험을 치렀다. 한국에서는 의학 용어가 모두 한자로 쓰여 있어 너무 공부하기 어려웠기 때문이다. 고관절 탈구증, 홍반성 낭창 등 한국어로 읽어도 어려운 고유명사가 다 한자로 되어 있으니 이해를 떠나 읽는 것도 부담스러웠다. 심지어 담당 교수님도 미국으로 돌아가 시험 볼 것을 권했다. 하지만 인요한은 한국에서 의사를 할 것이니 당연히 한국에서 시험을 봐야 한다고 생각했고, 쉽진 않았지만 당당히 의사 시험에 합격했다. 그렇게 의료인이 된 그가 앰뷸런스의 필요성을 절실히 느끼게 된 건 아버지의 교통사고 때문이었다.

"1984년 4월 10일 오후 늦게 어머니에게 전화가 왔어요. 저한테 '아버지는 하나님하고 계신다'고 말씀하시는 거예요. 무슨 이야기냐고 물으니, 아버지가 교통사고가 났대요."

병원으로 달려가 보니 음주 운전을 하고 있던 관광버스가 차를 덮쳐 아버지가 트럭 밖으로 튕겨 나가는 큰 사고가 났다고 했다. 다행히 이웃들이 아버지를 발견해서 택시에 태워 병원으로 갔는데, 의사가 보더니 큰 병원으로 가라며 보냈다. 아버지는 그때까지만 해도 말은 할 수 있을 정도의 상태였는데, 큰 병원으로 가려니 구급차가 없어 택시를 잡아타느라 응급 처치가 늦어졌다.

"안 되겠습니다⋯."

광주 중간쯤을 가로지르던 택시 안에서 아버지가 마지막을 예감한 듯 한마디를 남겼고, 병원에 도착했을 때는 이미 돌아가신 상태였다. 어떻게 손 써볼 겨를도 없이 큰 병원으로 가는 도중에 허망하게 세상을 떠나신 것이다.

그때 인요한은 본과 학생이었기에 응급처치와 골든타임이 중요하다는 것을 뼈저리게 알고 있었지만 할 수 있는 일이 없었다. 병원에 빨리 가면 살 수 있는데, 한국에는 구급차가 없어 빠른 처치를 하지 못해 죽는 사람이 많다는 것을 절감했을 뿐이었다.

이후, 아버지의 죽음에 대해 알게 된 미국 지인들이 모금을 통해 순천 지역에 구급차를 기증하기로 했다. 그런데 미국 구급차를 사오려고 하니 당시 돈으로도 8,000만 원이 넘었다. 턱도 없이 비싼 가격에 차라리 집에서 구급차를 만들자는 생각이 들어, 목수와 철공업자 등을 불러 15인승 승합차를 구급차로 개조하기 시작했다. 3개월에 걸쳐 제세동기를 비롯해 응급조치를 취할 수 있는 장비들도 구비했다. 그렇게 최초의 한국형 앰뷸런스가 인요한의 순천 집 뒷마당에서 탄생했다.

1993년 3월 12일, 인요한은 순천소방서에 구급차를 기증했다. 그때는 병원 전 처리라는 개념이 약했기 때문에 미국에서 응급 의료 팀을 초청해서 6주 동안 교육을 추가로 실시했다. 총, 칼로 인한 외상이 많은 미국과 달리 한국은 교통사고로 인한 둔상을 입는 경우가 많기 때문에 한국의 특성에 적합한 구조 교육을 한 것이다.

초반에는 이런 훈련이 익숙하지 않아 웃지 못할 에피소드들도 많았다. 만반의 준비 끝에 시골집에서 한 할머니가 풍으로 쓰러졌다는 신고를 받고 첫 출동을 나갔을 때였다. 그런데 시골집으로 출동한 구조대원들이 방에 들어가기 전 신고 있던 워커의 끈을 하나하나 풀어 벗는 것이다. 그리고 할머니를 들것에 싣고 나와서 또 한참 동안 워커를 다시 신었다. 다행히 무사히 이송했지만, 미국 의료 팀과 행동 지침에 대한 긴급회의를 열었다. 아무리 한국이 동방예의지국이라지만 응급 시에는 예의를 차리는 것보다 사람의 생명을 구하는 것이 더 중요하니 급할 땐 신발 벗지 말고 그냥 들어가라, 그런 것까지 하나씩 정해야 할 만큼 첫 출동 때에는 모든 게 서툴렀다.

외국인이 다른 나라에 살던 중, 그 나라의 미비한 의료 시스템 때문에 아버지가 제때 처치를 받지 못하고 돌아가셨다면, 어쩔 수 없이 거주하던 나라를 원망하지 않았을까. 그 나라의 의료 시스템 개선을 위해 뭔가를 바꿔야겠다는 생각을 한다는 게 쉬운 일은 아니었을 것이다. 실제로 형제 중에는 한국에서 4대를 지냈고 이제 할 만큼 했으니 그만 떠나자고 하는 의견도 있었다. 하지만 인요한은 구급차를 만들어 많은 목숨을 살림으로써 아버지의 죽음에 대한 한을 푼 것이라 여겼다.

"앰뷸런스를 기증한 것은 신성한 보복이었어요. 구급차를 만들어서 아버지의 죽음에 대한 한을 푼 거죠. 완성해 놓고 보니 절로 눈물이 났어요. 어머니는 이 앰뷸런스 자체를 아버지라고 생각할 정도였어요. 그 앰뷸런스가 그해 순천에서 1,000번을 출동했고, 앰뷸런스가 없었으면 살 수 없었을 67명의 환자를 살렸어요. 아버지는 가셨지만, 아버지로 인해서 그 많은 목숨이 살아난 겁니다."

당시 아버지의 지인이 장례식장에서 '자네 아버지는 한국 사람처럼 살다가 한국 사람처럼 떠났다'는 말을 했다. 나중에 알고 보니 그만큼 길가에서 사고가 나 죽을 필요가 없는데 죽는 사람들이 많았다는 뜻이었다. 더 이상 한국 사람들이 그렇게 죽지 않기를, 많은 사람이 이 혜택을 받아 이 땅의 허망한 죽음이 조금이라도 줄어들기를 바랐다.

그런데 지금의 구급차는 당시의 취지를 오히려 역행하고 있다. 최초의 앰뷸런스는 원래 15인승으로 환자 침상 위에 공간이 있어서 심폐소생술이나 삽관을 할 수 있었다. 그러나 지금의 구급차는 12인승이라 환자 머리 위에 진료 공간이 없어 위급 상황에 대처하기가 그만큼 어렵다.

"구급차를 12인승 승합차로 만들면 비용 절감은 되죠. 근데 정작 필요한 응급처치는 못하는 거예요. 심폐소생술을 하려면 차를 세우고 환자를 내려서 해야 하는데, 그건 말이 안 되죠. 보건복지부 장관, 응급의학회장, 소방청장한테도 편지를 써봤는데 바뀌지 않았어요. 구급차 문제는 의사들이 반드시 책임지고 감독·개선해야 한다고 생각합니다."

대한민국에 견인차가 20대 있다면 앰뷸런스는 1대밖에 없다. 사람을 구하면 돈이 안 되지만 차를 구하면 돈이 된다는 현실이 고스란히 반영된 것이다. 그러나 또다시 미비한 응급 구조 시스템으로 안타까운 목숨을 잃게 된다면 얼마나 통탄할 일일까. 소중한 단 하나의 목숨이라도 더 구하기 위해서는 반드시 앞으로 바뀌어야 하는 문제다.

1980년 5월의 광주 한복판으로

청년 인요한은 광주 민주화운동 때 그 현장에 있었다. 1980

년 5월, 인요한이 막 연세대 의예과 1학년으로 입학하자 휴교령이 내려졌다. 민주화운동이 한창이던 때라 무기한 휴교가 얼마나 갈지 몰라 순천으로 내려가기 위해 버스를 탔다. 그때 광주 북쪽의 '비아'라는 곳에서 버스가 멈추더니 누군가 버스에 불쑥 올라타서 이렇게 말했다.

"광주에 난리가 났습니다. 사람이 많이 죽었습니다."

그런데 잠시 후 다른 사람이 타더니 정반대로 말했다.

"손가락 하나 다친 사람이 없고, 가벼운 소란이니 여러분은 정부만 믿으면 됩니다."

어쨌든 광주를 지나갈 수가 없는 상황이라 결국 버스가 대전으로 되돌아갔고, 광주를 거치지 않는 경로로 돌고 돌아 순천에 도착했다. 그런데 순천 길거리도 분위기가 흉흉하더라니 이내 광주에 대한 온갖 소문이 들려왔다. '총이 모자라 경찰서 총을 군부대로 옮겼다더라', '군인들이 발포 준비를 하고 있다더라' 하며 광주에서 정부군에 의해 많은 사람이 죽어가고 있다고 했다.

진상은 알 수 없고 온통 소문만 무성하니 22세 청년 인요한은 광주에서 일어나고 있는 일의 진실이 궁금했다. 정부에서는 유언비어라 하고, 사람들은 사실이라 하는데 진실이 왜 알려지지 않는지도 알고 싶었다. 그래서 당시 서울에서 학교를 다니던 친구 한 명과 작전을 짰다. 마침 외국인 전용 차량 번호인 '0'번을 단 차가 있어서 그걸 타고 들어가 검문에 걸리면 인요한은 미국 대사관 직원인 척하고 친구는 통역인 척을 하기로 했다.

철저히 봉쇄되어 있는 광주에 들어가기까지 검문소를 7군데나 거쳤다. 막상 군인들이 총부리를 겨누고 있는 긴장되는 상황이 계속 이어지자 정신적인 압박감이 심했지만 이미 들어온 길을 다시 돌아갈 수도 없었다. 마침내 마지막 검문소를 통과하자 뻥 뚫려있는 광주 도로가 눈앞에 보였다. 그게 1980년 5월 25일이었다.

시내에는 돌아다니는 차가 거의 없었고, 시민군 트럭만 보였다. 길가에는 여기저기 데모했던 흔적들이 남아 있었다. 벽보가 곳곳에 붙어 있어 살펴보니 광주 학살을 지시했던 전두환의 이름이 보이고, 방송국은 불에 타 시꺼멓게 그을려 있었다. 도청 앞에 도착하니 그곳은 거대한 장례식 그 자체였다. 도청 앞 상무관에 안치된 시신을 확인하기 위해 수많은 사람이 몰려들어 있었다.

"부끄러운 얘기지만, 상무관에 들어가 보려고 친구랑 새치기를 하려고 했어요. 그런데 그 아비규환 속에서 시민군 하나가 나타나 말하는 거예요. '선생님, 왜 새치기하십니까? 질서를 지키세요.' 아주 낯이 뜨거웠죠. 그 혼란 속에서도 당시 광주에 절도나 강도 같은 범죄가 전무했다고 해요. 그 와중에도 자발적으로 질서를 지키고 있더라고요."

상무관에 안치된 시신 60여 구는 형체를 알아보기도 어려울 정도였고, 3,000여 명의 시민은 혹시나 내 가족일까 친구일까 하고 줄을 서서 기다리며 억울한 눈물을 쏟아내고 있었다. 그 모습을 보니 이곳에서 무슨 일이 일어나고 있는 것인지 깨달았다. 동시에 한국 정부가 가리고 있던 현실이 또렷하게 보이고 분노가 치밀었다.

주변에는 외신 기자가 굉장히 많았다. 다들 막힌 길을 피해서 논밭으로 걸어 들어오느라 발에 진흙이 묻어있었다. 그때 미국의 주간지인 〈뉴스위크〉의 기자가 요한 일행에게 접근했다. 한국말과 영어를 둘 다 할 줄 알면 통역을 해달라는 것이었다. 이내 〈워싱턴 포스트〉, 〈뉴스위크〉, 〈타임〉 등 유력 외신 기자들이 한데 모였고 요한은 시민군 주최의 외신 기자회견에서 통역 역할을 수행했다.

시민군 대표가 앞에 서더니 요한의 통역을 빌려 외신 기자들 앞에서 목소리를 냈다. '북으로 향하고 있던 총이 남으로 돌아 우리를 죽이는데 그 이유를 모르겠다. 너무나 억울하고 전 세계가 이 사실을 알았으면 좋겠다. 우리는 학살을 당하고 있다. 우리는 반공주의자다. 태극기 앞에서 반공 구호를 외치고 하루를 시작하는데 우리를 빨갱이라고 한다.' 그러면서 600명의 사망자 명단을 공개했다. 현재 광주 민주화운동의 공식 사망자 수는 160여 명이다. 인요한은 당시 600명의 명단을 확인했기에, 그 리스트를 복사해 됐다면 진상 규명에 도움이 되었을 텐데 하지 못한 것을 안타깝게 여긴다. 시민군 대표는 관이 부족해서 시신을 다 담지 못하고 있다고도 했다. 전기도 물도 없어 얼마밖에 버틸 수 없지만 포기하진 않겠다는 말들이었다.

오후 서너 시쯤 지나자 기자들이 하나둘씩 자리를 뜨기 시작했다. 통신이 끊겨 광주 밖으로 나가야만 기사를 송고할 수 있었기 때문이다. 그렇게 기자회견을 마치고 나자 시민군 대표와 성균관대 학생 한 명이 고맙다고 인사하며 요한의 전담 보초를 자처했다. 식사와 숙소를 준비했으니 내일도 통역을 좀 더 해주면 고맙겠다는 것이었다. 하지만 동행한 친구가 더 이상 연루되면 위험할 것 같아 일단 데려다주고 내일 다시 혼자서 돌아오겠다고 약속을 했다. 그러면서 그 성균관대 학생에게 말했다.

"여기 있으면 죽을지도 모르니 도망가세요."

그러자 그는 이렇게 답했다.

"선생님, 여기 남아 있는 사람은 친척이나 친구가 죽은 사람입니다. 우리는 끝까지 사수할 겁니다."

상황이 점점 더 심각해지는 그 깊은 고립 속에서 그들은 광주를 지키고 있었던 것이다.

순천으로 돌아와 아버지에게 상황을 전달하고 약속대로 다시 광주에 들어가야겠다고 말하자 아버지는 그날 밤 늦게까지 요한을 만류했다. 개인이 해결하기에는 너무 큰 일이었다. 제2차 세계대전, 인천상륙작전에도 참가했던 아버지는 아들을 데리고 미 대사관으로 향했다. 그렇게 상황이 안 좋다면 사람들이 그만큼 희생됐다는 사실을 미국 정부에 정확히 알리고 도움을 받는 게 좋겠다는 것이었다.

새벽 버스를 타고 미국 대사관에 도착해 상황을 설명하며 사태 중재를 요청했다. 주된 내용은 광주 인근의 미군 비행장을 이용해서 시민들을 안전한 제3국으로 이송해 일단 보호해 달라는 것이었다. 하루가 지나자 언론에도 미국 뉴스를 통해 시민군이 미국과 협상을 원한다는 보도가 나왔다. 다시금 미 대사관의 책임자에게 전화해 내 말이 사실이니 당장 조치를 취해 달라 요구했으나, 대사관 측 답변은 차가웠다. 광주에서 공식적인 구제 요청 문건을 받지 못했다는 것이다. 인요한은 그 아비규환 속에서 어떻게 공문을 띄우라는 것인지 기가 막혔다. 너무 화가 나서 '그 스튜핏한 공문을 내가 가서 받아오겠다'고 소리치고 다음 날 새벽부터 광주에 가려고 터미널에 갔는데, 그때 라디오에서 속보가 흘러나왔다. 계엄군이 광주를 장악했다는 뉴스였다.

"그 사람들 다 죽었겠구나, 다 끝났다. 복잡했어요, 마음이.
일주일 동안 아무것도 손에 안 잡히더라고요."

결국 할 수 있는 일이 없었다는 무력감이 밀려왔다. 그런데 다시 순천으로 온 지 일주일도 안 돼서 미 대사관에서 요한을 아버지와 함께 오라며 소환했다. 그런데 가서 얘기를 들어보니 요한이 광주 사태의 주동자가 되어 있다고 했다. 살고 싶으면 당장 이 나라를 떠나라는 말에 억울함이 밀려와 격렬히 항의했다.

"분명히 지난주에 모든 얘기를 했는데, 도대체 정의는 어디 있단 말입니까. 왜 진실에 관심이 없습니까."

그러자 총영사가 언성을 높이며 요한에게 욕설을 하고, 생명을 위협하는 협박까지 하면서 분위기는 점점 험악해졌다. 결국 아버지가 요한을 내보내고 총영사와 독대하여 상황을 정리했다. 세 가지 선택지가 있었다. 첫째, 출국 후 최소 10년간의 입국 불가, 둘째, 경찰 블랙리스트에 포함된 채 현재 상태를 유지하는 것, 셋째, 휴교 기간 동안 시골에 가서 조용히 유배 생활을 하는 것이었다.

한국을 떠나긴 싫었다. 결국 세 번째 안을 선택해 순천의 한 중학교에 자원해 영어를 가르치게 됐는데, 그 후에도 중앙정보부에서 그에게 사찰을 나왔다.

"외신 기자들이 나를 알기 때문에 나를 죽이는 건 도움이 안 되는 일입니다."

이렇게 말하며 조용히 의대 공부를 할 테니 내버려 두라고 여러 차례 대응하고 나서야 상황이 잠잠해졌다. 그런데 최근에 자신이 국군기무사령부 리스트에 올라 있었다는 사실을 알았다. 그 리스트는 일종의 살생부로 그땐 수송기로 동해안이나 서해안으로 보내는 게 관례였다고 했다.

> "그 말을 듣고 보니 그날 밤은 잠이 안 옵디다. 어찌 보면 무모한 광주행부터 광주 시민들의 목소리를 해외로 실어 보낸 것까지 살아서 그 모든 행보를 거친 게 기적인 것 같더라고요."

한국이 하나 더 있었다

박근혜 전 대통령 정부가 들어서며 의사 출신의 인요한은 인수위원회 부위원장으로 임명되어 정치에 참여하게 됐다. 1994년도 김대중 전 대통령이 정계를 떠날 때 독대하고 이후 그분이 아플 때 치료도 하러 가며 김대중 전 대통령을 존경한다고 밝혔던 그의 보수 정부 참여는 의외의 행보였다. 인요한은 처음에는 거절했지만, 그쪽에서 바라는 건 세 가지라고 했다. 동서 화합, 다문화 가정, 그리고 남북 관계에 대해 도와달라는 것이었다. 인요한은 오랜 고민 끝에 보수 정권에게 북한에 대해 제대로 알릴 기회일 수도 있겠다고 생각해 수락했다.

당시 정부에서 인요한에게 남북 관계에 대한 자문을 구하고자 한 이유는, 인요한이 1997년 1월부터 박근혜 정부

전까지 보건 문제로 29번이나 방북한 경험이 있어 북한의 보건 실태에 대해서는 누구보다 정통하기 때문이었다. 인요한이 처음 북한에 방문했던 것은 어머니가 북한에 구급차를 기증하기로 하면서였다. 40년 동안 의료 봉사한 공을 인정받아 1996년에 어머니 로이스 린튼(Lois Linton)이 삼성그룹에서 주는 호암상과 상금 5,000만 원을 받게 됐는데, 그 상금으로 북한에도 구급차를 보내고 싶어 하셨다. 그래서 인요한은 1997년에 형이 운영하는 '유진벨재단' 이름으로 북한에 앰뷸런스를 기증하러 갔다.

아버지의 죽음을 계기로 구급차를 만들어 지원하게 되었다는 스토리에 감동받은 당시 김영남 북한 외교부장은 밤늦게까지 이들을 환대했다. 뿐만 아니라 지금은 결핵진료소를 하며 결핵을 퇴치하고 있다고 하니 이후 공문을 보내 북한 쪽에도 결핵 병원을 만들어줄 수 있겠느냐고 먼저 요청을 해왔다. 그렇게 한국에서 대북결핵퇴치사업을 하면서 11년 동안 식량과 의약품을 북한에 지원했고, 그러면서 29번이나 북한을 오가게 되었다. 그 덕분에 북한에서는 30만 명이 결핵을 치료해 생명을 구할 수 있게 됐다.

"북한 지원하는 것에 대해서 노무현 전 대통령이 하셨던 말씀 중 기억나는 게 있어요. '이건 동포애나 그런 게 아니다. 전략적으로 어떤 통일의 기반을 닦기 위해서 지원하는 것도 아니다. 그냥 인간의 도리다. 굶어 죽는 사람을 보면 도와줘야 하는 게 맞다. 그걸 달리 판단할 일이 아니다.' 그 말이 정말 인상적이었어요."

두만강을 건너면서 들판의 아이들이 드럼통에 불을 피워 시커멓게 그을린 얼굴로 기차를 향해 손을 흔드는 모습을 보니 40년 전 순천에서의 어린 시절이 절로 떠올랐다. 인요한은 그때 '아, 한국이 하나 더 있구나' 하는 걸 깨닫고 북한에 의료 지원을 꼭 해야 한다고 확신했다.

"북한은 상상을 초월할 정도로 가난했어요. 생각하는 것보다 10배는 더 가난해요. 평양 거리는 모델하우스 수준이에요. 우리가 북한에 퍼줬다고 하는데, 서독이 동독한테 준 1인당 지원금의 1/60 밖에 안 되는 수준이니 퍼줬다고 할 수는 없죠. 단 한 번이라도 북한 주민들의 실제 생활을 보게 된다면 그런 소리 못 할 거예요. 형제자매가 굶어 죽어가고, 아주 기본적인 약품이 없어서 고통에 신음하는데 그걸 도와준다고 퍼주기라고 말할 순 없을 거거든요. 물론 우리 마음과 지원이 헛되이 쓰이지 않도록 철저히 따지고 관리를 해야겠지만 우리가 북한 관료들한테 불만이 있다고 죽어가는 동포들을 외면할 순 없잖아요."

하지만 북핵 문제가 불거지고 안보 정국이 심화되면서 북한에 꾸준한 인도적 지원을 해야 한다는 인요한의 말은 당시 정권을 설득시키지 못했다. 심지어 북한의 결핵 환자 병동을 짓기 위한 건축 자재 지원에도 승인이 나지 않아 애초에 인요한이 정치 참여를 결심하며 생각했던 뜻을 다 이루지 못했다. 인요한은 북한 지원을 주장하며 여러 가지 오해도 많이 받았다. 하지만 그가 단언할 수 있는 것은 정치를 떠나 보건에는 좌도 우도 없다는 것이다. 이는 이념과 사상을 뛰어넘는 일이다. 그 국가의 정부를 미워할 수는 있으나 국민은 미워해선 안 된다는 생각은 여전히 굳건하다.

남북 관계에 있어 앞으로 우리에게 남은 과제는 무엇일까. 일단 대화의 물꼬를 트는 작은 변화로 시작해 여러 가지 필요한 작은 요소들을 살피는 것도 중요할 것이다. 그러나 훨씬 현실적인 숙제를 마주해야 한다. 우선 남북 간 경제 격차가 큰 만큼 실제로 통일이 된다면 그 과정을 짊어져야 하는 젊은 세대들에 대한 걱정도 크다. 하지만 통일이 되면 따라올 실리적 이득도 분명히 적지 않다. 남한보다 50배는 큰 규모의 자원 활용, 수출 의존도 감소, 물류비의 대폭 절감, 일자리 창출, 그리고 결정적으로 국방비를 절감할 수 있다는 것도 큰 장점 중 하나다. 이러한 점들을 이해하고 잘 받아들인다면 어쩌면 젊은 세대들의 선택도 달라질 수 있지 않을까.

"제가 과거에 미국 대사나 미국 사령관 같은 사람들을 만나면 꼭 하는 얘기가 있었어요. '야당을 만나라. 정의당을 만나라. 만나서 대화로 네 입장을 설명해라.' 한국 사람은 아는 사람한테 고의적으로 나쁘게 안 합니다. 만나면 침 못 뱉어요. 생각이 다르고 사상이 달라도 절대 심하게 안 하니까 일단 만나라고 얘기해 줍니다. 북한에 대해서도 마찬가지예요. 나와 생각이 다르고 문화가 다르고 가치관이 다른 북한을 포용하려면 '일단 만나라'고 하고 싶어요."

무엇보다 아예 정서가 다른 미국과 북한의 관계와 달리 남북은 이 땅에서 겪은 문화적인 기본 정서가 공유되는 만큼 대화를 통해 서로를 이해할 수 있는 가능성도 더 크지 않을까. 인요한은 한국 땅에서 어린 시절을 보낸 사람들의 감성으로, 언젠가는 남북이 오해를 풀고 대화를 나눌 수 있으리라고 여긴다.

한 사람의 삶이라고는 믿을 수 없을 만큼 여러 역사의 현장을 밟아온 인요한은 은퇴 이후엔 다시 순천으로 돌아가 지내고 싶다며 어린 시절을 회상한다. 그가 걸어온 길은 어쩌면 한 사람이 짊어지기에는 꽤 버겁고 무겁기도 했을 것이다. 그럼에도 그가 옳다고 여기는 길을 늘 묵묵히 걸어갈 수 있었던 건 어쩌면 그가 사랑하는 한국, 그리고 우주에서 제일이라 믿는 순천을 위해서였을지도 모르겠다.

"서울도 오래 살아서 꽤 정이 들었어요. 하지만 은퇴하면 1시간도 더 안 있을래요. 저는 촌놈이니 촌에 살아야죠."

07

재능이 있다는 것을
믿으세요

🌾 다시 꿈을 꾸는 방법

안정환

전 국가 대표 축구선수이며 현 축구 해설위원이자 방송인. 뛰어난 볼 컨트롤과 드리블, 정교한 슈팅 등으로 실력을 익히 인정받아 대학 졸업 후 1998년 프로 선수 생활을 시작했으며, 이탈리아에서 활동하던 중 국가 대표로 선출되어 2002년 월드컵 4강 진출의 주역이 되었다. 이후 일본, 유럽 리그에서 선수로 활동했으며, 2012년에 열린 '2014 FIFA 월드컵' 예선전에서 국가 대표 은퇴식을 가졌다. 은퇴 후에는 축구 해설위원으로 활동하면서 〈뭉쳐야 산다〉, 〈냉장고를 부탁해〉, 〈마이 리틀 텔레비전〉, 〈아빠! 어디가?〉 등 방송 프로그램에 출연하며 방송인으로의 입지를 다졌다. 이외에도 축구 지도자 자격증을 취득하는 등 지도자로서의 새 삶을 그리고 있다.

"저는 처음부터 빈손이었어요.
그런데 신이 사람에게
뭐든 재능 하나는 주신다잖아요.
나한텐 아무것도 없지만
그래도 몸뚱아리 하나는 주셨구나, 생각했어요.
사실 그거 하나로도 많이 감사한 일이죠."

2002년 월드컵은 그 시기를 보낸 모든 사람에게 인생의 가장 강렬한 기억 중 하나일 것이다. 남녀노소, 심지어 대통령까지도 국가 원수가 아니라 국민의 한 사람으로서 진심을 다해 경기를 지켜보고 응원했다. 한국 팀의 엄청난 체력과 기동력에 모두가 놀랐고, 눈앞에 펼쳐진 무궁한 가능성에 뜨겁게 열광했다. 그해 우리는 대한민국 국민으로서, 한편으로는 개개인으로서 조금쯤 변화했을지도 모른다. 섣불리 믿지 않았던 기적에 대한 희망을 배웠고, 모두가 뜨겁게 열망하며 하나가 될 수 있었다. 그리고 그 가운데에 세계가 주목한 플레이어 안정환이 있었다.

2002년의 영광

히딩크 감독은 축구 선수 안정환이 2002년 월드컵에서 대한민국에 어떤 승리와 영광을 안길지 알고 있었을까? 사실 처음에 히딩크 감독은 안정환에게 호의적이지 않았다. 긴 머리부터 평소 행동, 좋은 차를 타고 다니는 것까지 사사건건 지적했다. 훈련할 때도 다른 선수들에게는 격려도 많이 해주면서 안정환에겐 노골적으로 무관심하게 굴었다. 아마 당시 히딩크 감독의 눈에 안정환은 선수이기 앞서 스타처럼 보였고, 그 탓에 큰 기대를 품지는 않는 듯했다. 하지만 동시에 히딩크 감독은 안정환을 툭툭 자극했다.

"제 생각엔 히딩크 감독님이 굉장히 머리가 좋으신 분이에요. 팀에서 몇몇 핵심 멤버만 잡으면 이 팀은 굴러간다는 생각을 하신 것 같아요. 그래서 저하고 명보 형을 그렇게 길들이시더라고요. 훈련하는 동안에 쳐다보지도 않다가 열심히 안 하는 것 같으면 슥 와서 '경기 안 뛸 거야?'하고 물어요. 그럼 우리는 '어, 나 쓰려나?' 하고 다시 엄청 열심히 뛰는 거죠."

월드컵 대표 팀을 구성할 때는 모든 포지션에 두 명씩, 그리고 골키퍼 세 명으로 총 23명이 들어간다. 공격수 포지션에는 이미 안정환 말고도 위로 황선홍, 최용수 선수가 있었에 '최종 엔트리에 들어갈 가망이 없겠구나'라고 생각했다. 그래도 도전은 해보자는 마음으로 이탈리아에서 뛰다가 한국으로 들어왔다. 입국 후 자신을 대하는 히딩크 감독의 뉘앙스를 보니 경기 출전은 영 요원한 일일 것 같았다. 그런데 히딩크 감독은 당근과 채찍을 적절히 주며 안정환이 포기할 때마다 나타나 출전 기회를 줄 것처럼 말했다. 그러다 월드컵 전, 전지 훈련을 갔을 때 이런 얘기를 했다.
"이번 월드컵이 끝나면 네 인생이 많이 달라질 거야."
그 말을 듣는 순간, 안정환은 '어쩌면 23명 안에 들어갈 수도 있겠다'는 생각과 함께 마지막 준비를 정말 잘해야겠다는 경각심이 번뜩 들었다. 이후로는 히딩크 감독이 시키는 건 정말 뭐든지, 무조건 열심히 했다. 지금 돌이켜 보면 히딩크 감독이 선수 개개인에게 가장 적절한 방법을 적용해 팀 분위기를 조율했다는 생각이 든다.

당시 히딩크 감독은 팀이 하나가 되는 걸 무엇보다 중요하게 여겼다. 스타든 아니든, 나이가 많든 적든 다 똑같아야 한다고 강조했다. 월드컵 끝날 때까지는 모두가 동등하다는 걸 기억하고, 그 이후에야 마음대로 하라는 식이었다. 히딩크 감독은 그렇게 하면 플레이가 다를 것이라고 장담했다. 처음에는 그 말이 무슨 뜻인지 와닿지 않았지만 동료들과 하나가 되어 뛰다 보니 실제로 무언가 조금씩 달라지는 것을 느꼈다. 사실 벤치에 있는 선수 입장에서는 경기를 뛰지 못하는 아쉬운 마음이 클 수밖에 없는데도, 누가 골을 넣든 한 마음으로 기뻐했고 연습할 때는 똑같이 서로를 배려했다. 또 훈련하다 보면 열의가 높아 자기도 모르게 거칠게 플레이하고 싸우는 경우도 있는데, 상대방이 거칠게 해도 그 순간 어쩔 수 없었을 거라 이해하며 훈련에 임했다.

히딩크 감독이 만들어준 틀 안에서 잘 융화된 덕분에 좋은 시너지가 날 수 있었다. 팀은 더 뭉쳤고, 각자 자기를 내세우기보다는 서로 돕고 희생하는 분위기에서 성과는 높아졌다. 물론 합숙을 통해 어려운 시간을 같이 겪으며 키운

끈끈함, 서로에 대한 신뢰감, 또 협회의 지원이나 국민의 응원까지 모든 게 맞아떨어져서 얻어진 성과이기도 했다.

그렇게 2002년, 16강에만 진출해도 충분히 기뻤을 텐데, 대한민국 대표 팀은 누구도 기대하지 않았던 놀라운 기록을 세워 많은 사람에게 반전의 기쁨과 희망을 선사했다. 그 해의 경기는 단순한 90분짜리 한 경기가 아니라 모두에게 큰 의미를 남긴 기적이자 영광이었다. 그렇게 2002년 월드컵을 치른 뒤 세계에서 한국 축구의 위상이 높아진 것은 물론, K리그에 대한 관심도 많아졌다.

"선수들이 잘한 것도 있지만 결국은 국민이 만든 거예요. 축구 팬이 아닌 모든 국민이 다 같이 응원하고 관심을 쏟아주셨기 때문에, 국민이 우리를 더 뛰게 만들었고 그게 성적으로 이어졌다고 생각하거든요."

안정환은 이 불씨를 꺼뜨리지 않고 지속해 나가는 것이 더 큰 과제라고 강조한다. 국가대항전에 비해 K리그의 열기가 떨어지는 이유는 선수 지원, 시설 유치 및 관리 등 다방면으로의 예산이 부족하고, 대중이 축구에서 즐길 요소가 적기 때문이다. 여기서는 K리그나 협회의 역할이 중요하다. 국민의 관심이 계속 축구에 머무른다면, 한국 축구는 앞으로 또 다른 영광의 페이지를 만들 수 있을 것이다.

"축구를 즐길 수 있도록 계속해서 열기를 유지하고 관심을 가질 수 있도록 경기 외적으로도 다양한 요소를 고민해야 한다고 봐요. 제약이 많은 환경에서도 우리 선수들이 잘해주고 있기 때문에 그 잠재력을 믿거든요. 더 좋은 시스템이 갖춰지는 만큼 더 훌륭한 경기력을 보여줄 거라 생각합니다."

빈손의 청춘

안정환이 축구를 처음 시작하게 된 계기는 배가 고파서였다. 노량진 판자촌에서 살았던 어린 안정환은 가정 형편이 좋지 않아 시장 여기저기서 빵이나 과일을 훔쳐 먹고 달아나는 일이 적지 않았다. 항상 먹을 게 부족해 삐라를 주워 신고하고 건빵을 받아 먹기도 했다.

운동장을 오가다 보면 축구부에서 늘 빵과 우유를 나눠주는 게 보였다. 항상 그게 먹고 싶다는 생각을 하곤 했는데, 마침 선배 한 명이 축구부에 들어올 것을 제안했다. 시장에서 도망 다니는 데 이골이 난 안정환의 빠른 달리기 실력을 눈여겨본 것이다. 함께 살던 외할머니는 뛰다 보면 더 배고파지지 않겠느냐며 축구를 반대했지만, 안정환은 당장의 빵과 우유가 탐나는 마음이 더 커서 축구를 시작했다.

그런데 막상 시작한 축구는 여러모로 너무 힘들었다. 운동부라면 체벌과 기합도 횡행하던 시절이라 맞는 것도 싫었고, 운동 자체도 즐겁지 않았다. 단체 생활을 하다 억울하고 분한 일이 생기면 도망가기도 했다. 그래봤자 집에 안 들어가면 할머니가 걱정하실 테니 집에 들어가 숨는 수밖에 없었다. 그러면 결국 선생님이나 선배가 집으로 찾아와 끌려가듯 복귀하는 수순이 반복됐다. 사춘기가 지나면서 축구 외의 끼니를 해결할 다른 방법을 찾기 위해서 온갖 아르바이트도 했다. 공사장 잡부부터 공장을 다니며 마대 자루도 수거하고, 민속주점에서 서빙도 했다.

"축구가 싫었어요. 밥만 먹을 수 있으면 되는 거지. 그래서 다른 거 뭐라도 하면 되지 않을까 했는데, 고등학생쯤 됐을 때는 희한하게 내 마음속에 이미 축구가 자리 잡았더라고요. 관두려고 할 때는 '이 더러운 거 다신 안 본다!' 하는 마음인데, 또 막상 안 하면 내 마음속에 있는 축구라는 게 스물스물 올라와요. 꼭 아지랑이가 올라오는 것처럼. 그래서 다시 가서 또 운동하고 그랬죠."

그러면서도 그때까진 축구와 함께하는 미래를 진지하게 생각해 보지 않았다. 정환에게 축구를 하는 가장 큰 이유는 바로 생계였다. 축구부에 있으면 밥도 주고 학비도 면제해 준다는 사실이 가장 중요했다. 축구로 돈을 벌 수 있다는 생각은 해보지 못했다. 축구는 '그냥 하는 것'이었다. 그러다 대학교 1학년쯤 되었을 때, 선배들이 졸업 후 프로 선수가 되고 축구를 직업으로 삼는 걸 보게 됐다. 축구로 돈을 벌어서 좋은 차도 타고 가끔 용돈도 주는 걸 보니 그 제야 '이걸로 먹고 살 수도 있겠구나' 하는 생각이 번뜩 들었다. 프로 선수가 되어야겠다는 목표가 생긴 것이다.

대학 졸업 후 프로 선수팀에 입단해 계약금을 받아 드디어 먹고 살 걱정을 좀 덜겠다는 기쁨이 가시기도 전에, 하필 IMF가 터졌다. 계약금도 동결되면서 선배들에 비하면 반 토막도 안 되는 계약금을 받았다. '역시 안 되는 놈은 안 되는가 보다' 하고 허탈한 마음이 드는 건 어쩔 수 없었다.

"근데 한편으로는 그렇게 생각했어요. 어차피 나는 빈손으로 시작했기 때문에 그 돈도 나한테는 정말 큰돈인 거잖아요. 가진 것도 없이, 배고파서 아무것도 없이 무작정 빈손으로 왔는데, 그 정도도 저한텐 큰 거죠."

안정환에게 가난은 늘 동반자였다. 특별할 것도 없이 그저 '이게 내 인생이구나' 하고 덤덤하게 함께한 배경 같은 것이었다. 그러다가 처음으로 다른 세계를 향해 열린 유일한 창구가 바로 축구였다. 가난에 익숙했던 청년은 별수 없는 불운 앞에서 가진 것에 감사하는 법부터 배우기로 했다.

"저는 그냥 좋게 생각하려고 했어요. 나한텐 아무것도 없지만 그래도 몸뚱아리 하나는 주셨구나. 신이 뭐든 재능 하나는 주신다잖아요. 나는 몸뚱아리를 받았으니까 사실 그거 하나로도 많이 감사한 일이죠."

내가 유일하게 가진 것이 위태로울 때

축구를 삶의 일부로 여기고 프로 생활을 시작한 이후, 가장 힘들었던 시기 중 하나는 부상으로 슬럼프가 왔을 때였다. 안정환은 2004년 몰디브전에서 오른쪽 다리 골절 부상을 입었다. 부상 때문에 국가 대표 팀 명단에 누락된 것은 물론, 한동안 훈련도 하지 못하고 재활 치료를 받아야 했다.

운동선수에게 재활 치료 기간은 신체뿐만 아니라 정신적 고통도 견뎌야 하는 시간이다. 부상으로 은퇴하는 선수들도 많기 때문에, 선수는 부상당하는 순간 불확실한 앞날에 대해 끊임없이 불안해할 수밖에 없다. '내가 다시 운동장에 설 수 있을까?', '부상 당하기 전의 기량을 다시 회복할 수 있을까?' 대답의 실마리조차 찾을 수 없기에, 몸의 부상은 삶 전체를 뒤흔들 수도 있는 일이었다.

당시 결혼해서 가족들이 곁에 있다는 점은 힘이 되었지만 '오로지 축구 하나만 보고 달려왔는데 만약 여기서 관두게 된다면 어떻게 살아야 할까?', '다시 예전의 빈손으로 돌아가야 하는 건가?' 하는 불안감을 누르기 어려웠다. 주변 선수들이 걱정해 주고 위로해 주는 말도 그때는 곱게 들리지 않고 약 올리는 것만 같았다. 재활 치료는 아침부터 저녁까지 이어졌는데, 단체 훈련과 달리 혼자만의 싸움이다 보니 치료를 받는 동안 머릿속에 온갖 생각이 맴돌았다. 상처는 몸에 그치지 않고 마음속까지 파고들었다.

"목발 짚고 가다가 넘어지기라도 하면 '이야, 이건 이제 틀렸다' 하는 생각이 들고, 공을 한번 찼는데 아프기만 하고 제대로 안 나가면 '야, 못 돌아갈 것 같은데' 하는 생각이 드는 거예요. 그래도 아픈 걸 참고 계속 또 차죠. 계속 또 아프고."

삶이나 마찬가지인 축구가 걸린 일이었으니 마인드 컨트롤도 사치였다. 그저 몸을 계속 움직여 지금 할 수 있는 재활을 운동하듯 매일매일 해나가는 수밖에 없었다. 안 될 것 같아도 해야 했고, 독하게 치료하다 보니 다행히 부상도 회복됐다.

하지만 선수 시절에 몸의 체력과 에너지를 모두 끌어쓴 탓인지 지금은 체력이 많이 떨어졌다. 심지어 양쪽 무릎 연골은 아예 들어냈다. 하반신 마취를 하고 연골을 들어냈는데, 아주 작게 남은 연골 조각이 몸속을 돌아다닐 수 있는 위험 부담을 감수하느니 아예 제거하기로 했다. 그래서 요즘엔 다리가 자주 저리고, 가끔 뼈끼리 닿아 찌릿하게 아파 주저앉을 때도 있다. 은퇴한 운동선수라면 으레 겪는 직업병인 셈이다. 그래서 한편으로는 훈장이라고 생각한다.

심리적으로 정말 힘들어 그만두고 싶을 때도 있었다. 한번은 외국에서 열리는 국가대항전에 갔는데 여러 부당한 일을 당해 더 이상은 못 하겠다 싶을 만큼 스트레스를 받아 '다 그만두고 돌아가겠다'고 선언했다. 부상으로 힘들게 재활할 때도 축구를 그만둘 수 없었는데, 하지도 않은 일로 부당한 대우를 받고 억울한 일이 생기니 정신적인 고통이 너무 컸다. 그때 김남일 선수가 매일 방에 찾아와 같이 자면서 가지 말라고 설득하고 붙잡은 덕분에 마음을 겨우 다잡았다. 동료들의 손길 덕분에 '아직 내가 덜 성숙했구나, 팀을 생각해야 하는데 나만 생각했구나' 하는 마음으로 그 시기를 잘 이겨낼 수 있었다.

가장 빛나던 순간 이후 찾아온 어둠

2002년 월드컵 이후, 누구나 안정환이 본격적인 꽃길을 걸으리라 믿어 의심치 않았을 것이다. 실제로 많은 구단에서 안정환에게 러브콜을 했고, 안정환은 가고 싶은 곳을 고르기만 하면 되는 상황이었다. 처음에는 히딩크 감독이 먼저 제안을 했다. 하지만 안정환의 이적료가 너무 비쌌고, 이탈리아 페루자 팀에 계약되어 있는 상태라 안정환이 홀로 이적료를 마음대로 결정할 수 없었다. 결국 이영표, 박지성 선수만 히딩크 감독의 아인트호벤으로 가게 됐다.

안정환은 월드컵 전에 원 소속 팀인 부산 아이콘스에서 이탈리아 페루자 팀에 임대로 가 있는 상황이었다. 그런데 월드컵 이후 안정환은 팀으로 복귀하지 못하게 됐다. 이탈리아전에서 안정환의 골든 골로 이탈리아가 16강에 탈락했는데, 그걸 본 당시 페루자 팀의 구단주가 안정환을 팀에서 방출하겠다고 한 것이다. 안정환은 이탈리아에서 대역죄인 취급을 받았고, 심지어 마피아의 협박까지 받아 이탈리아로 돌아갈 수 없었다.

하지만 영국 프리미어리그 첼시, 선덜랜드, 스페인 프리메라리가 아틀레티코 마드리드 등 여러 팀에서 안정환을 원했다. 안정환은 그중 프리미어리그 블랙번과 협상이 거의 마무리되고 있는 상황이었다. 계약서에 사인을 하고 이사 갈 집도 알아보고 있는 단계였는데 문제가 생겼다. 안정환의 이적료에 대해 한국의 원 소속 팀인 부산아이콘스와 임대 갔던 이탈리아의 페루자 팀에서 분쟁이 붙은 것이다. 두 팀 모두 '안정환은 우리 소속이다. 영입을 원하면 우리에게 허가를 받고 이적료를 우리에게 지불해야 한다'는 주장을 펼쳤다. 실제로 안정환에 대한 소유권이 양 팀에 있는 것은 사실이었지만, 두 구단에서는 안정환을 풀어주지 않은 채로 몸값을 계속 올렸고 결국 블랙번에서 안정환의 영입을 포기하고 말았다.

결국 안정환은 이 분쟁 때문에 이러지도 저러지도 못하고 붕 뜨는 상황이 되었다. 심지어 계약을 해지하고 어디든 이적하려면 양쪽 팀에 대한 위약금을 개인이 물어야 하는 상황이었는데, 위약금이 한화로 약 35억이었다. 축구를 계속하려면 빚더미에 앉아야 했다.

"당시에 이해가 안 됐죠. 그때 오고 가도 못하고 6개월 정도를 쉬었는데 나한테 실업급여라도 주는 사람도 없고, 나라에선 아무런 책임도 안 지는 거예요. 제가 국가 대표로 뛰다가 골 넣어서 실업자가 된 건데 아무도 해결해주는 사람이 없으니까 실망스럽기도 하고 사실 많이 속상했죠."

그때 일본의 한 매니지먼트 회사에서 위약금을 대신 물고 안정환을 데려가겠다고 나섰다. 그게 결국 매니지먼트 회사와의 계약금이 된 셈이었고, 결국 안정환은 그 돈으로 위약금을 물어낸 뒤 개인의 수중에는 한 푼도 받지 못한 채 일본 매니지먼트 소속으로 가게 되었다. 당시 안정환의 스폰서 계약 조건은 '매년 3차례 광고 촬영을 하고 그로 인한 광고료와 차후 발생할 임대료 및 이적료 권리는 기획사가 갖는다'는 것이었다. 그렇게 J리그에서 72경기 30골이라는 눈부신 성적을 내고, 광고도 찍고 방송도 하면서 2년간 빚 갚는 데에만 올인을 했다. 그렇게 서른쯤 되어 빚을 어느 정도 갚게 되자 안정환은 비로소 소속사 회장에게 '이제 날 자유 계약으로 풀어 달라'고 요구해 자유의 몸이 됐다.

2002년 월드컵에서 최고의 경기를 펼친 선수가 각 구단의 이해관계 때문에 운동선수로서 전성기인 스물일곱에 2년여를 35억 빚에 발목 잡혀 보내게 된 셈이었다.

"운동선수로서 아까운 시간을 잃어버린 셈이니까 너무 아깝죠. 억울하고 복수심에 불타기도 했어요. 내가 일본에 있던 그 시간에 만약 유럽에 있었다면 정말 더 큰 선수가 될 수도 있었을 텐데, 하는 생각…. 지금이야 잊어버리려고 하지만, 여전히 화가 나긴 해요. 근데 그때마다 생각한 게 '그래, 어차피 빈손이었는데. 가만히 생각해 보자, 정환아' 하면서 이것도 다 하나의 과정이라 보자고 마인드 컨트롤을 하면서, 그렇게 잘 넘긴 것 같아요."

어떻게 보면 이탈리아를 상대로 넣은 골이 나비효과를 불러일으켰는지도 모른다. 당연히 '당시에 스포츠 매니지먼트가 잘 되어 있는 환경이었다면 과연 어땠을까' 하는 아쉬움도 있다. 하지만 그 골을 넣어서 국민에게 큰 사랑을 받았고 온 국민이 기뻐했으니, '국민에게 35억 줬다고 치자!'라고 몇 번이나 마음먹기도 했다. 안정환은 그 시간을 그렇게 정신력으로 극복해 냈다.

꿈꾸던 무대를 향해서

2005년 7월, 안정환은 3년 만에 드디어 프랑스 FC 메스로 이적하여 유럽 무대로 복귀했다. 프랑스에 가기 전에 일본에서도 당시 30억, 지금으로 치면 100억 정도의 연봉을 제안해 왔다. 막상 프랑스 리그에서 제시한 연봉은 약 8억으로 훨씬 적은 수준이었지만 그는 프랑스로 가기를 택했다. 유럽에서 뛰고 싶었기 때문이다.

이미 서른에 가까운 나이였기 때문에 축구선수로서는 전성기라 할 수 없는 나이였다. 좋은 팀에서 출전하지 못하더라도 가보고 싶었던 세계의 모든 리그에서 다 뛰어보고 싶었다. TV에서 보던 선수들과 한 무대에서 뛰어보고 싶고, 세계 최고의 무대는 어떤지 경험해 보고 싶었다. 일본이 제시한 연봉에 비하면 프랑스 리그에서 제시한 금액이 적었기에 큰 기회비용을 치르는 셈이었지만, 늦게라도 몸이 허락하는 한 꿈을 마음껏 펼쳐보고 싶었다.

"이제라도 내가 TV에서 본 잘하는 사람들이랑 같이 뛰고 싶었어요. 그러다 보니 돈을 포기한 경우도 많긴 했죠. 근데 걱정은 안했어요, 전 어차피 처음부터 빈손이었으니까. 그리고 구단에서 선수를 데려가려면 그만큼 실력도 있어야 하는 거고요. 아무리 가고 싶어도 구단에서 원하지 않으면 안 되거든요. 그들이 저를 원하는 실력도 있고 자리도 맞았을 때 다 뛰어보고 싶었어요."

그렇게 유럽 무대에 진출해 프랑스에서 1년을 보내고 독일로 이적했다. 안정환은 이탈리아부터 프랑스, 독일 등 여러 리그를 경험했고, 유럽의 축구는 그에게 새로운 자극을 선사했다. 일단 지단, 말디니, 호날두, 다비즈, 튀랑 등 TV에서 보던 유명한 선수들이 다 있으니 그 사이에서 뛰고 있다는 사실 자체가 신선했고, 잘 뛰는 선수들을 보면 또 그 대열에 오르고 싶어 마음이 설레었다. 처음 유벤투스와 경기할 때는 지단의 발에서 후광 같은 아우라가 보이는 것 같았고, 저렇게 뛰고 싶다는 생각이 들었다.

사실 처음 이탈리아에 갔을 때에는 경기에 많이 출전하지 못했다. 전체 대열이 유기체처럼 움직이는 유럽 축구에서 그 리듬을 쫓아가지 못하자 '난 우물 안 개구리였구나' 하는 자괴감도 들었다. 그 무렵 한국 언론에서는 안정환이 세계적인 축구 스타 사이에서 능력 발휘를 못하는 게 아니냐는 기사가 나기도 했다. 하지만 현장 벤치에 앉아 그들을 보는 것만으로도 배우는 게 많았다. 이후 실제로 경기에 출전해 골을 넣었을 때는 더 큰 희열과 성취감을 느꼈다. TV에서 보던 선수들과 같이 뛰어서 득점했을 때, 그리고 그들이 유니폼 교환을 제안했을 때. 모든 게 축구 선수로서 순수한 기쁨으로 빛나는 순간들이었다.

그는 여전히 축구인이다

프로 선수로 생활한 지 14년 만인 2012년 겨울, 안정환은 마지막 은퇴 경기를 앞두고 있었다. 추운 날에 기자들 앞에서 인터뷰를 하던 안정환은 '이 자리에 와주셔서 고맙다'라고 덤덤하게 인사를 건네고 한동안 말을 잇지 못했다.

> "제가 축구를 하면서 경기에 대한 것뿐 아니라 외적으로도 많은 일이 있었잖아요. 이제 은퇴를 하고 축구화를 벗는다 생각하면서 인터뷰를 하는데 주마등처럼 짧은 시간에 많은 기억이 스쳐 지나가는 거예요. 좋았던 것부터 슬펐던 것이나 분하고 화났던 것까지 확 밀려 들어오니까 저도 모르게 눈물이 나더라고요. 읽으려고 들고 간 원고도 눈에 안 들어오고 어떻게 말을 하고 나왔는지도 모르겠어요."

사실 안정환의 영입을 원하는 팀들이 있었기에 은퇴를 미룰 수도 있었지만, 스스로 은퇴할 때가 되었다는 결정을 내렸다. 가장 큰 이유는 신체적인 변화 때문이었다. 더 뛸 수는 있겠지만 팀을 옮긴 후 줄어든 기량으로 흐지부지 은퇴하고 싶진 않았다. 박수칠 때 떠나는 게 그동안의 선수 생활을 제대로 장식하며 마무리하는 길이라고 생각했다.

"사실 그 전에 몇 년 전부터도 난 언제든지 은퇴할 거야, 하고 스스로 자기 세뇌를 계속했어요. 충격받지 않게. 특별한 계획은 없었고요. 여태까지 너무 고생했으니 그동안 번 돈으로 가족을 위해서 살겠다, 집 하나 차 하나 있으면 사는 거지, 그런 생각 정도만 했죠. 지도자를 하거나 뭔가 새로운 계획을 갖겠다는 것보다 그냥 아무것도 안 하겠다는 생각이었어요."

은퇴 발표 다음 날부터 공허함이 물밀듯이 밀려왔다. 할 줄 아는 유일한 것이 축구였고, 삶의 중심에 축구가 있었는데, 그걸 잃었다는 생각에 모든 게 허무해졌다. 그때부터 매일 술을 마시고, 친구들을 만나고, 하고 싶은 건 뭐든지 다 해보자는 생각으로 지냈다. 그런데 6개월이 넘는 시간을 그렇게 흘려보내니 사람 사는 것 같지가 않았다. 당시 나이가 30대 중반으로 남들은 한창 일할 때 은퇴를 한 셈인데, 그대로 쭉 멈춰 있을 수는 없는 일이었다. 아이들도 있으니 조금씩 힘을 내며 일상으로 복귀하기 시작했다.

그러다 축구와는 완전히 다른, 방송이라는 세계에 발을 디디게 됐다. 새로운 분야의 일이라 물론 어려운 점도 있었다. 하지만 방송을 통해 새로운 사람을 만나고 이전에는 몰랐던 많은 것을 배우고 느낄 수 있었다.

그럼에도 안정환은 축구와의 연결고리를 놓지 않았다. 현재 안정환은 축구의 발전과 대중화를 위해 뭐든 하고 싶어 축구 해설은 물론 축구 관련 홍보 대사로 활동하고 있다. 틈틈이 공부해 축구 지도자 자격증도 땄다. 아시아축구연맹에서 교육 수료 및 시험 통과 후 취득할 수 있는 자격증인데 단계별로 C급은 유소년, B급은 고등학교, A급은 대학교와 실업, P급은 국가 대표 지도자를 할 수 있다. 지금은 A급까지 따서 프로 감독 업무를 수행할 수 있고, P급도 준비하고 있다.

사실 축구 지도자 자격증은 홍명보 감독의 제안으로 준비하게 된 것이었다. 대표 팀 코치로 와서 도와달라는 그의 말에 자격증을 준비했는데, 홍명보 감독이 2014년 브라질 월드컵의 성적이 좋지 않아 자진 사퇴를 하게 되었다. 2012년 런던 올림픽에서 동메달을 땄고, 그동안의 공헌도 있었는데 월드컵에서의 부진한 성적을 책임지고 물러나는 모습을 보면서 안정환 역시 '내가 과연 지도자를 하는 게 맞는 길일까' 하는 의문이 들었다.

그래서 안정환은 지도자라는 꿈을 꾸되, 만족할 만큼 준비되지 않는 이상 섣불리 지도자의 길은 가지 않겠다고 생각하고 있다. 물론 실전에서 실수를 통해 성장할 수도 있지만, 무작정 지도자가 되어 풍파를 맞다 보면 시간이 아깝게 많이 지나갈 것 같아서다. 충분히 준비해야 파도를 하나라도 덜 맞지 않을까. 최대한 준비해서 실력을 최고로 발휘할 수 있을 때 지도자가 되고 싶다는 마음이다.

우리나라에서는 외국 감독이 더 뛰어날 것 같다는 선입견이 있다. 실제로 해외의 선진 축구 체계하에서 뛰는 선수나 감독들이 실력이 좋은 것도 사실이다. 하지만 안정환은 언젠가 지도자를 하게 된다면 유럽 축구 리그에서 활동하고 싶다는 꿈을 품고 있다. 유럽 리그에서 아시아권 감독을 영입하는 건 정말 일어나기 힘든 일이라고 생각하지만, 목표를 높이 설정해 보는 것도 의미 있지 않을까. 안정환은 아시아 리그의 수준이 올라가고 한국 선수와 감독들의 위상이 높아지면 언젠가는 꿈이 이루어지리라 기대해 본다. 불가능할 것 같다면서도 한계를 뛰어넘는 꿈을 꾸는 안정환은 여전히 뼛속까지 축구인이다.

08

보이는 것으로
섣불리 판단하지 마세요

🌿 진실을 추구하는 방법

호사카 유지

역사학자이자 현 세종대학교 교수. 1956년에 일본 도쿄에서 태어
났다. 도쿄대학교 공학부 졸업 후, 고려대학교 정치외교학과에서
정치학으로 석사 및 박사 학위를 받았다. 1998년부터 한일관계 연
구를 위해 한국에 거주했으며, 한국 체류 15년 만인 2003년 대한
민국으로 귀화했다. 2011년 독도 공로상, 2013년 홍조근정 훈장,
2018년 독도평화대상 특별상 등을 받았다. 외교부 독도정책위원
회 자문위원과 독립기념관 비상임이사, 동북아역사재단 자문위원
등을 역임했으며, 일제강제동원피해자지원재단 이사, 경상북도 독
도위원회 위원, 동아시아평화문제연구소 상임이사, 단국대학교 일
본연구소 편집위원, 동아시아일본학회 이사 등으로 활동하고 있다.
현재 세종대학교 대양휴머니티칼리지 교수, 독도종합연구소 소장
을 겸하고 있다.

"강의 도중에 한 학생이 손을 들더니 물었습니다.
'선생님, 독도는 일본 것입니까? 한국 것입니까?'
잘 모르겠다고 솔직히 대답하고
공부를 하기 시작했죠.
정치적인 의도 같은 것 없이
일본과 한국 양쪽 자료를 다 보고
객관적으로 연구를 했습니다.
저는 학자이기 때문입니다.
진실이 무엇인지, 진상이 무엇인지,
거기에 대한 궁금증이 많이 있습니다.
객관적으로 그 궁금증을 규명하기 위해
연구를 하는 겁니다."

우리는 살면서 얼마나 많은 진실을 마주하고 있을까. 또 얼마나 많은 가려지고 왜곡된 거짓을 진실이라 여기고 살아가고 있을까. 보이는 대로 믿어버리는 것은 간단하지만 어떤 진실은 보이지 않는 저편에 숨어 있고, 우직하게 진실을 발견하며 걷는 것은 쉽지 않은 일이다. 일본인으로 태어난 역사학자 호사카 유지는 지금은 귀화를 통한 완전한 한국인으로서 왜곡된 역사의 진실을 밝히는 데 앞장서고 있다. 한국에 공헌한 그의 수상 경력은 외교통상부 장관 표창, 대한민국 국회 독도특별회 공로상, KBS 감동대상 아이 러브 코리아상, 2012년을 빛낸 도전한국인 10인, 대한민국 홍조근정훈장, 제6회 독도평화대상 특별상 등으로 화려하다. 도쿄에서 나고 자란 일본인 호사카 유지는 어떻게 한국 역사를 올바르게 알리는 일에 앞장서게 되었을까.

독도는 누구의 땅입니까

호사카 유지는 1988년에 일본에서 한국으로 유학을 온 뒤 2003년에는 한국으로 귀화해 현재 '독도는 한국의 영토'라고 또렷하게 선언하는 세종대 독도종합연구소장을 맡고 있다. '독도라는 말을 들으면 가슴이 뛰는데 다케시마를 들으면 울화가 치민다'는 그가 국적을 바꾼 뒤에도 개명하지 않은 이유도 독도를 지키기 위해서였다. 일본 이름을 유지하면서 독도가 한국 영토라는 걸 증명하면 오히려 그 주장에 무게가 실리지 않을까 싶어서다. 언젠가 소명을 다한 뒤에는 한국식 이름을 가지려고 한다.

"저는 독도에 7번 정도 갔습니다. 기상이 안 좋으면 들어가기 어려운데 저는 굉장히 운이 좋았던 편이지요. 독도는 작은 섬이라고 알려져 있는데 가까이 가면 생각보다 크고 높아요. 배에서 독도가 보이기 시작하면 감동이 밀려오더라고요. 아무래도 신비로운 섬이라는 느낌이 있었기 때문에, 그게 점점 가까워지니까 신비한 존재를 만나러 가는 것 같은 그런 설렘이 있었어요."

그가 여러 번 독도를 오가면서 한국에서 독도를 연구하게 된 것은 어떤 학생이 던진 당돌한 질문 하나가 시발점이었다. 1995년에 한국에서 석사 과정을 마친 후 박사 과정을 시작하며 강사 자리를 소개받았는데, 그때까진 독도와 상관없는 일본 문화에 대한 강의를 했다. 그런데 하루는 강의 중간에 어떤 학생이 손을 들더니 질문을 던졌다.

"선생님, 독도는 일본 것입니까? 한국 것입니까?"

아마 그 학생은 당시 한일관계 사이에서 독도 문제가 불거지기 시작한 때라 일부러 난처한 질문을 한 듯했다.

호사카 유지는 솔직하게 '잘 모르겠다'고 대답했다. 당시만 해도 일본인들은 독도에 별 관심이 없었고, 독도 자체를 잘 모르는 사람들도 많았다. 그러니 일본 것인지, 한국 것인지에 대해서도 깊이 생각해 본 적이 없었다. 그는 학생에게 솔직하게 답했다.

"내가 공부를 해본 뒤에 대답해 줄게요."

"그렇게 약속했기 때문에 1998년부터 본격적으로 공부를 하기 시작했습니다. 저도 너무 궁금하더라고요. 또 언젠가 독도가 한일 간에 큰 문제가 되리라는 예감도 약간 있었고요."

그렇게 시작하게 된 연구를 20년 넘게 이어오게 될 줄은 자신도 몰랐다. 처음에는 4년간 연구를 하고 잠정적으로 독도는 한국 것이라는 결론의 첫 번째 논문을 냈다. 그런데 연구를 하면 할수록 일본이 독도가 한국 영토라는 많은 증거를 숨기거나 왜곡하고 있다는 사실도 알게 되었다. 여기에 한국과 일본 간 독도 문제가 주기적으로 불거지며 일본에서 또 다른 증거나 망언을 내놓다 보니 그에 반박하기 위해 연구를 지속하게 된 것이다. 그렇게 우연히 받은 질문에 답하기 위해 시작한 연구가 어느덧 20년을 넘기게 되었다.

일본 정부에서 독도가 일본 땅이라고 주장할 때마다 호사카 유지는 매번 '논리적인 증거'를 제시하면서 반박해

왔다. 일단 18, 19세기 일본이 만든 고지도를 보면 일본 영토 안에 독도는 아예 포함되어 있지 않다. 독도의 존재에 대한 인식조차 없었던 것이다. 또 1877년 나온 일본 중앙정부 공식 문서인 태정관 지령문을 보면 '죽도(울릉도)와 그밖에 있는 한 섬(독도)는 일본과 관계가 없다'는 사실을 명시하고 있다. 그 이후에 일본인들이 만든 한반도의 지도에도 울릉도와 독도는 조선의 땅으로 그려져 있다는 명백한 증거가 존재한다.

해방 직후에도 독도 경비는 한국 경찰이 맡았다. 이들은 일본인들이 독도에 오거나 일본 순시선들이 일장기를 들고 독도 앞바다에 오는 것을 쫓아내는 역할을 했는데, 이처럼 우리의 공권력이 독도에 지속적으로 영향을 미치고 있었다는 사실도 실효적인 증거 중 하나다. 독도에 대해서는 한국의 연구 축적 자체가 아주 충분하기 때문에 실제로 일본에게 빼앗길 거라는 우려는 크게 할 필요가 없을 정도다. 하지만 여전히 일본 정부에서는 독도를 빼앗긴 땅이라 주장하고 있다.

호사카 유지는 독도에 대한 양국의 주장이 다른 상황에서도 직접 독도를 오가며 연구를 했다. 물론 그 과정이 순조롭지만은 않았다. 일본인들은 민족 특성상 적대적인 감정을 겉으로 크게 표현하지는 않는 편이지만, 독도에서 가장 가까운 일본의 시마네현에 가끔 가게 되면 간혹 경계나

위협을 느낄 때가 있었다. 자료를 찾으러 도서관을 옮겨 다니는데, 사람들이 "다음은 어디로 가십니까?"라고 물어보며 호사카 유지의 행로를 추적하고 또 행선지에서 입장을 막는 경우도 생겼다. 사방에서 지켜보는 조용한 눈이 있는 느낌이라 언젠가부터는 다른 사람의 이름을 빌려서 도서관에 입장하거나 꼭 누군가와 동행하려고 했다.

일본 포털 사이트에도 호사카 유지의 이름을 검색하면 부정적으로 반응하는 여론이 많을 수밖에 없었다. 처음에는 이에 상처를 받기도 했으나 어느 순간 오히려 진실로서 정면 돌파해야겠다는 결심이 들었다. 그래서 일본어로 된 홈페이지를 개설해서 독도가 왜 한국 영토인지에 대한 논리적인 주장을 기록하기 시작했다. 대개는 아예 논리를 무시하고 악플을 다는 사람들도 많지만 개중에는 그의 주장에 대해 객관적으로 인식하고 받아들이는 사람들도 생겼다. 일본인 입장에서는 자신의 말이 불편할 수도 있지만, 일본을 비난하는 게 아닌 단지 진실을 규명하는 게 목적이므로 떳떳하게 자신의 일을 할 뿐이다.

"정치적인 의도를 가진 게 아니라 제가 처음 질문을 받았을 때도 정말 몰라서 공부하기 시작한 것이거든요. 일본과 한국 양쪽 자료를 다 보고 객관적으로 연구를 했습니다. 저는 학자이기 때문입니다. 진실이 무엇인지, 진상이 무엇인지, 거기에 대한 궁금증이 많이 있습니다. 객관적으로 그 궁금증을 규명하기 위해 연구를 하는 겁니다."

아쉽지만 호사카 유지의 인생을 바꾼 질문을 던진 20여 년 전의 학생을 다시 만나 이야기하지는 못했다. 하지만 그 이후 호사카 유지의 오랜 행적이 그에게 충분한 답이 되어 주었으리라 믿는다.

세상 밖에도 이치가 있다

호사카 유지가 한국에 처음 관심을 갖게 된 건 어릴 때의 스포츠 스타들을 통해서였다. 어린 호사카 유지에게 영웅 이나 마찬가지였던 스포츠 스타 중에는 야구 선수 장훈이 나 프로레슬러 역도산 등 재일교포가 많았다. 그들을 보면 서 '한국인들은 뭔가 다르다'고 어렴풋이 생각하면서 한국 이라는 나라에 막연한 관심을 가지기 시작했다.

그리고 고등학생 때 라디오를 통해 한국 방송을 들을 수 있었다. 당시에는 주파수 차단이 되지 않아서 일본 라디 오로 한국 방송을 들을 수도 있고 부산에서도 일본 방송이 들렸던 시절이다. 뜻은 전혀 알아듣지 못했지만 한국말의 어감이 부드러운 음악처럼 들려 이 언어에 호감이 생겼다.

언어에 대한 궁금증은 국가에 대한 호기심으로 이어져 이후에는 카세트테이프로 강의를 들으며 한국어를 공부했다.

언어나 역사에 관심이 많으니 문과 출신일 것 같지만, 호사카 유지는 아버지의 권유로 도쿄대 공대에 진학했다. 아버지가 대형 플라스틱 렌즈를 다루는 회사를 운영하셔서 이과 쪽으로 진학하여 기술을 물려받을 생각이었는데, 막상 대학에 들어가서는 전공보다 역사나 철학 수업을 더 열심히 들었다. 기술 쪽보다는 교양으로 들었던 인문학이 더 적성에 맞았던 것이다.

그러다 한국에 실제로 방문하게 된 것은 1980년, 25세 때였다. 아버지의 사업과 관련해 미국에 다녀오는 길에 한국을 경유했다. 그리고 대기하는 5시간 정도 사이에 일본인을 대상으로 운영하는 짧은 관광 프로그램에 참여했다.

그 관광 프로그램을 안내해 준 여자 가이드분이 유독 기억에 남았다. 모두 일본인인 손님들 앞에서 가이드가 일본을 강하게 비판했기 때문이다.

"일본이 경제 대국이 된 이유를 아십니까? 6·25 한국전쟁에서 한국인의 피로 이룬 부흥입니다."

이미 아버지에게 들어 알고 있는 이야기였지만 일본인 눈앞에서 강하게 말하는 것을 보고 놀라면서도 '한국 사람은 강하고 대단하다'는 느낌을 받았다. 더불어 일본과 달리 무척 솔직한 한국 문화에도 신선한 충격을 받았다.

본격적으로 한국 유학을 결정하게 된 계기는 우연히 본 잡지 기사 때문이었다. 일본에서는 학창 시절에 한국 역사를 가르치지 않는다. 그런데 호사카 유지는 어떤 잡지를 통해 을미사변(乙未事變)의 명성황후 시해 사건에 대해 알게 되었다. 1895년 8월 20일(음력), 조선의 명성황후를 일본의 자객이 시해했던 잔혹한 범죄였다. 호사카 유지에게 이 일은 무척 깊게 각인되었다. 만약 일본의 왕비를 외국인이 시해했다면, 일본인도 그 외국을 절대 용서하지 못할 것이 아닌가. 호사카 유지는 한국인이 일본에게 가진 복잡한 심정을 그때 조금 알게 됐다. 한편으로 일본에서는 국민에게 왜 이런 역사를 가르쳐주지 않는지 의아했고, 언젠가 한국 사람들과 이런 이야기를 한국말로 대화하고 싶다는 생각이 들었다. 일본어로는 정확하게 소통할 수 없을 것 같다는 생각에서였다.

그런데 때마침 아버지 회사의 경영 사정이 안 좋아지면서 아버지께서 '회사가 정상화될 때까지 네가 하고 싶은 일을 자유롭게 찾아보라'고 하셨다. 아버지의 회사를 물려받는 것 외에 다른 진로를 생각해 볼 기회가 생기자 호사카 유지는 아버지께 한국 대학에서 공부하고 싶다고 말씀드렸고, 그렇게 1988년에 한국 땅으로 건너왔다.

이렇듯 호사카 유지가 본격적으로 한국에서 유학을 할 수 있었던 데에는 아버지의 영향도 컸다.

"아버지랑 같이 식사를 하면 항상 많은 이야기를 해주셨는데, 가장 마음에 남았던 이야기가 이거였어요. '인생에는 세상의 이치가 있는 법이지만, 이치 밖에도 또 그 나름의 이치가 있다.' 내가 알고 있는 세상의 이치 이외의 이치가 더 있기 때문에, 내가 알고 있는 세상만이 전부가 아니라는 것을 염두에 두어야 한다는 것이었어요. 전혀 모르는 세계에 뭔가 있다, 그런 식으로 생각했지요."

내가 알고 있는 세상이 전부가 아니라면 그 바깥에는 무엇이 있을까. 명성황후 시해 사건을 알게 되었을 때 한국과 일본의 입장 차를 느끼며 받은 충격은 컸다. 바로 곁에 있는 동료나 친구들은 모두 좋은 일본인인데, 당시에는 왜 그렇게 끔찍한 일이 벌어졌을까. 침략 국가였던 일본과 내가 알고 있는 현실 일본의 차이가 너무나 크게 느껴졌다.

그 시기 아버지가 해준 '내가 살아가는 세상을 벗어나면 거기에도 이치가 있다'는 말은 호사카 유지에게 다른 세상의 이치를 찾고자 하는 열망을 불러일으켰다. 내가 알고 있는 이 세계, 일본이라는 세계에서 눈을 돌려서 내가 잘 모르는 한국에서의 이치를 찾아가 보면 어떨까. 아버지의 말씀을 기억하고 있는 그는 지금도 세계의 역사를 다양한 각도에서 이해하려고 연구하며 관심을 가지고 있다.

진실은 기록으로 남아 있다

일본군이 저지른 전쟁범죄 중에서도 가장 대표적인 '위안부 강제 동원'에 대한 문제는 아직도 완전히 해결되지 않았다. 정확히 말하면 위안부가 아닌 '성 노예'지만 피해자인 당사자들이 듣기에 불편한 용어이기에 강제 동원의 주체가 드러나도록 일본군 '위안부'라는 표기로 합의하고 있다.

호사카 유지는 독도 관련 연구를 주로 했지만, 2015년 12월 28일 한일 위안부 합의를 계기로 오히려 위안부 문제에 대한 연구가 더 필요하다 싶어 본격적으로 관련 연구를 시작하게 되었다. 일본에서는 '위안부 강제 연행의 증거가 없다'고 계속해서 주장하고 있는데, 호사카 유지는 피해자들의 증언 외에도 문서에 남은 증거가 분명히 있으리라고 생각했다. 위안부 할머니들의 증언은 많이 알려져 있지만 관련 공문서 자료는 잘 알려져 있지 않은 상황이었다. 게다가 일본이 패전 후에 가장 먼저 없앤 자료 중 하나가 위안부 관련 자료였기에 남아 있는 자료도 많지 않았다.

그러나 연구 결과, 문서에는 번복할 수 없는 증거가 분명히 남아 있었다. 호사카 유지는 일본의 아시아여성기금이 1997년에 편찬한 자료집 5권의 문서 50개 및 일본의 국립공문서관, 방위성 방위연구소, 외무성 외교사료관 등을 샅샅이 찾아. 위안부와 관련된 80개의 문서를 발견해 번역,

해설했다. 또 아카이브 사이트에서도 여러 가지 키워드를 넣어 자료를 수집했다. '위안부'라는 단어만으로는 많은 자료를 찾을 수 없었기 때문에 당시 본래 목적을 숨기기 위해 사용했던 '여급(식당의 여자 종업원)'이나 '작부', '예기', '창기' 등의 키워드를 복합적으로 사용해 관련 정보를 찾아낼 수 있었다.

그중에는 1940년 10월 11일 일본 다카모리 부대가 직접 작성한 공문서가 있는데, 해당 문서에는 '위안소 위안부는 황군(일본군) 100명에 1명꼴'이라는 내용까지 적혀있다. 위안부 1명이 병사 100명을 상대했다는 뜻으로, 위안부가 병사들의 성 노예였음을 확인시킨 것이다. 또한 위안부들의 산책 구역을 제한한다는 내용도 명시되어 있었다.

"위안부 피해자 할머니들의 말에는 하루에 수십 명에게 당했다고 하는 증언이 많습니다. 그러나 거기에 대해서 '진짜 그럴까?', '그건 과장된 이야기 아닐까?'라고 한국 사람마저도 그렇게 생각하는 경우가 많이 있었어요. 그러나 문서에는 정확히 나와있습니다. 위안부 할머니 피해자분들이 하는 말씀이 사실이라는 걸 더 뒷받침할 수 있는 내용으로 제가 공문서의 내용을 쭉 찾았던 것입니다."

연구를 할수록 증언으로만 전해졌던 내용이 분명 사실

이라는 것을 확인할 수 있었다. 일본이 위안부가 성 노예가 아니었음을 부정하는 핵심 논리는 위안부가 돈을 벌기 위해 이뤄진 자발적 참여라는 것이다. 하지만 당시 일본 정부가 작성한 문건에는 비인간적인 성 노예 규정이 분명 존재하고 있었다. 이는 일본의 거짓 부정 논리가 전혀 성립하지 않고 있다는 뜻이다. 호사카 유지는 이러한 내용이 자신의 연구를 통해 최초로 발견되었다는 것을 확인하자 놀랍기도 하고 복잡한 심경이기도 했다. 시도했다면 누구든 찾을 수 있었을 증거들이 왜 여태껏 세상 밖으로 나오지 못했을까.

일본군 '위안부'가 자발적인 것이 아니라 강제 동원이었다는 증거 자료도 있었다. 피해자 할머니들은 만주, 중국, 베트남, 일본 등으로 많이 이동했다고 증언했다. 중요한 쟁점은 어떻게 도항을 시켰는지다. 당시 부산항과 일본 시모노세키 사이를 운항하는 '부관연락선'이라는 여객선이 있었는데 일본은 이 배를 통해 위안부를 중국이나 동남지역으로 보냈다. 원래는 도쿄 공장에서 일을 할 여성들을 모집해 놓고 막상 배를 타면 일본이 아닌 다른 곳에 위안부로 보내버렸던 것이다. 이렇게 거짓으로 위안부를 모집해 데려간 것에 대해 일본은 중개업자들이 자발적으로 행한 일이라 주장하고 있지만, 그 중개업자들을 일본군이 직접 선정했다는 기록이 남아 있다. 중개업자이자 인솔자, 즉 포주 선정에 관한 일본 내무성 자료를 보면 '포주를 선정하되, 업자의 자발적인 희망에 의한 것으로 하여 일을 진행할 것'이라는 내용까지 명시되어 있다.

공문서 이외에 당시 상황을 증명하는 일본 병사들의 생생한 증언도 신빙성을 높인다. '미즈키 시게루'라는 일본 유명 만화가도 만화를 통해 전쟁 당시 자신이 군인일 때 직접 눈으로 지켜봤던 위안부의 삶을 증언했다. 조선인 위안부의 방 앞에 기다리고 서있는 일본군이 80명에 가까웠다고, 화장실을 갔다가 방으로 들어가는 조선인 위안부를 보며 안타까운 심경이 들었다는 내용을 그리며 위안소를 전쟁터보다 더한 '지옥'이라고 표현하기도 했다. 또 요미우리 신문 기자의 기록에 따르면 '국가를 위한 일이라는 설명만 듣고, 어떤 일을 하게 될지도 모른 채 속아서 반강제적으로 끌려온 처녀들도 많았다'고 적혀 있다. '공장 일을 배우고 시집갈 나이가 되면 부모님께 보내준다'고 하여 따라갔는데 배를 타고 하염없이 남쪽으로 내려가 미얀마에 끌려왔다는 여성의 사례도 기록으로 남아 있다.

일본은 인신매매를 금지하는 국제 조약에 가입해 겉으로는 선진국 얼굴을 하고 있었지만, 뒤로는 전쟁 시에 여성을 해외로 보내면 안 된다는 국제 조약을 지키지 않고 교묘하게 여성들을 해외로 강제 동원하며 그 사실을 숨기기에 급급했던 것이다. 그러나 명백한 문서 앞에서 일본의 왜곡된 논리는 모두 무너지고 있다. 호사카 유지는 당시 참상에 대한 연구를 토대로 실증적 자료를 엮어 《일본의 위안부 문제 증거 자료집》을 한국과 일본에서 출간하기도 했다.

"독도 연구를 하느라 위안부 피해자 연구를 너무 늦게 시작했어요. 더 빨리 알려졌으면 사실 규명에 도움이 되었을 텐데. 그전까지 일본군 위안부 문제는 항상 연구자나 그 증언자들만 노력을 했어요. 문제가 아주 축소되어 왔던 거예요, 한국 안에서도. 처음부터 객관적인 연구자들이 많이 들어갔으면 좋았을 텐데 사회적인 확산이 늦어져서 안타까워요. 독도가 한국 영토라고 모두가 주장하는 것처럼 위안부 문제는 일본의 전쟁범죄라고 더 시끄럽게 입을 모았어야 하는 거죠."

사과하지 않는 일본

2015년 12월 28일에 한국과 일본의 한일 위안부 합의가 있었다. 인신매매부터 성폭행까지 이어진 반인륜적인 범죄의 가해자인 일본에게 법적인 책임을 인정하고 배상하라는 요구를 했으나, 사실상 굉장히 실망스러운 협상으로 끝나고 말았다. 일본은 화해 치유 재단 설립과 위로금 10억 엔을 책정했으나 '책임을 통감한다'라는 언급만 했을 뿐 공식 사죄와 법적 배상은 없었다.

"기시다 후미오 외상이 끝난 후에 금방 일본 기자들하고 인터뷰를 했어요. 일본 기자가 물어봤습니다. '그 책임은 법적 책임입니까?' 근데 키시다 후미오 외상이 말했습니다. '이건 도의적 책임일 뿐입니다.' 그리고 '10억 엔 낸다고 하는데 이건 배상금입니까?' '그냥 위로금입니다.' 배상금이란 것은 죄라는 것을 인정해서 내는 것이죠. 그러니까 일단 세계가 보는 앞에서는 책임을 통감한다고 말했지만 일본 기자들에겐 절대 배상금도 아니고 법적 책임도 아니라고 금방 말했어요."

결국 죄를 인정하지 않으며 돈도 배상금이 아니라 일종의 기부금이 된 셈이었다. 도의적인 책임을 인정할 테니 그 정도 보상을 받고 마무리하자는 일본의 주장에 우리나라가 합의하면서 일본이 죄가 없다는 결론을 함께 내려준 셈이 되었다.

당사자인 피해 할머니들도 당시 합의를 받아들이기는 어려웠다. 금액적인 배상이 아닌 명예와 인권을 짓밟은 행위에 대해 법적인 책임과 진정한 사과, 배상을 원하는 것인데, 정부에서는 당시 피해자들의 의견을 거의 듣지 않고 합의를 진행해 버렸다. 한국 외교부가 위안부 피해 할머니들의 쉼터인 나눔의 집을 여러 번 방문했음에도 불구하고 합의 관련 이야기를 한 적이 없다는 사실도 밝혀졌다. 피해자들에게 어떤 동의도 얻지 않은 채 진행된 합의가 무슨 의미가 있을까.

게다가 이면 합의에 대한 내용도 뒤늦게서야 알려졌다. 겉으로 드러나지 않는 이면 합의에는 '성 노예라는 표현은 사용하지 않는다'는 것과 '소녀상 관련하여 일본대사관 앞에서 다른 장소로 이동하도록 노력한다'는 내용이 포함되어 있었다. 그래서 실제로 합의 이후 새로 소녀상 설치를 하려 했을 때 우리나라 관할 지자체에서 소녀상을 노상 적치물로 규정해 철거하고, 이에 항의하는 사람들을 연행해 갔다. 이면 합의가 있었다는 사실이 밝혀진 이후에야 연행 이유를 알 수 있었다. 후에 강경화 외교부 장관이 '이것은 피해자의 동의가 없었기에 해결되지 않았다, UN 차원에서 해결해 달라'며 요청하려 했지만 일본은 불가역적 합의를 했기에 끝난 얘기라고 주장했다.

> "제가 봤을 땐 실수였다고 할 수밖에 없습니다. 그때 그렇게 진정한 사과 없이 합의를 해버렸기 때문에 일본이 왜 이제 와서 그러냐며 오히려 적반하장으로 나오는 것이죠. 우리가 그러한 구실을 줘버린 것입니다."

이처럼 전쟁범죄에 대한 많은 증거가 명확히 존재하는데도 일본이 인정하려 들지 않는 이유는 무엇일까. 일본이 사과하지 않는 데에는 사회구조적인 이유도 있다. 일례로 독일은 패전 후 히틀러와 나치가 완전히 망했기 때문에 후손 중에서도 나치 가담자를 추적할 정도로 과거의 나치 독일과 이후의 독일을 완벽하게 분리했다. 그래서 과거의 일에 대해서도 명료하게 사과할 수 있는 것이다. 그런데 일본의 경우는 조금 다르다. 일본은 패전 후에도 일왕을 중심으로 청산되지 않은 제국주의 세력이 명맥을 이었고, 6·25 전쟁이 터지면서 미국이 반공주의자로 미국에 협력하겠다는 세력은 A급 전범이라도 모두 석방했다. 그래서 A급 전범 혐의자인 아베 신조의 외조부 기시 노부스케 등도 여전히 정치의 주류가 되어 있는 상황이다.

그들은 일본을 침략 국가로 인정하지 않고 있고, 그 논리에 따르면 전범도 존재할 수가 없다. 일본은 진정 어린 사과와 배상을 하지 않는 것은 물론, 죄가 없다는 논리로 역사를 감추려 하고 있다. 어찌 보면 당시 벌인 일들이 용납할 수 없을 만큼 수치스러운 반인륜적 범죄 행위이기 때문에 극렬하게 부정하려 드는 것이 아닐까. 오히려 일본의 우익 단체들은 일본 정치인이 사과의 뜻을 밝힌 소수의 사례만 보고 '우리가 언제까지 사과해야 하느냐'며 피로감을 호소한다.

"일본인들이 반성할 수 있게 정확한 진실을 알려야 되는 부분도 있습니다. 일본의 시민 세력들은 그런 활동도 실제로 하고 있거든요. 일본이 정확한 사죄도 하고 배상도 하는 것이 오히려 일본을 위해서나 그들 개인을 위해서 좋다는 것을 일본인들이 알 수 있게끔 할 필요가 있는 것이죠. 일본이 과거 청산 문제로 계속해서 비판을 받고 있지 않습니까. 이런 문제를 해결해야 국제사회에서도 떳떳할 수 있단 걸 알게 해줘야 해요."

이제 많은 피해자 할머니가 돌아가셨다. 현재 정부에 등록된 240명의 피해자 중 20여 명만이 남아 있다. 일본 시민단체 중에도 고(故) 김복동 할머니의 장례식에 찾아오거나 나눔의 집에서 피해자 할머니들을 위해 봉사활동을 하는 사람들이 있다. 한국에서는 이러한 상황을 많이 조명하지 않고 있지만, 위안부에 대한 책임을 통감하는 일본인도 있는 만큼 호사카 유지는 한국과 일본이 협력하여 일본인들에게 진실을 더욱 알려야 한다고 말한다.

21세기 신친일파

일제강점기 동안에 일본의 침략에 편승하여 민족을 배반한 친일파 세력이 있었다. 그들의 잔재는 해방 후에도 청산되지 않고 여전히 부정한 영화를 누리고 있다. 그런데 요즘 일본에서 '신친일파'를 양성하고 있다는 얘기가 있다. 일종의 전략적인 계획으로, 일본 정부와 우익 기업들이 한국의 유망한 인재들에게 장학금과 생활비를 지원하며 일본에 우호적인 감정을 느끼게 만드는 것이다. 그렇게 서로 호의를 가지고 '친구'가 되면 일본군 '위안부' 문제를 일본 시각에서 해석한 만화를 읽게 하는 등 그들을 포섭하기 시작한다. 그렇게 만들어진 '신친일파'는 SNS 등으로 일본 측 주장을 퍼트리며 일본 극우파의 입장을 대변하게 된다. 또 저명한 교수나 정치인을 만나 매번 500여만 원 정도를 건네며 은밀히 로비를 하는 경우도 있다. 드라마에나 나올 법한 얘기지만 실제로 일어나고 있는 일이다.

또한 일본이 미국 내 가장 강력한 로비 집단 중 하나라는 것도 잘 알려져 있다. 일본은 겉으로 드러나지 않는 '스텔스 로비'를 펼치기 때문에 일본을 지지하는 저명한 미국인 중에는 알려지지 않게 우익 단체의 기금을 받은 사람이 많다. 일례로 2017년 일본군 '위안부' 기록물이 유네스코 세계기록유산 등재에 실패한 일이 있었다. 8개국 민간단체가 위안부에 대해 합동 조사해 자료를 제출했는데, 유네스코 측에서는 이를 거절하며 일본과 대화한 후에 다시 등재를 신청하라고 답했다. 이에 일본의 전방위 로비가 있었으리라는 분석이 지배적인데, 당시 일본에 배정된 유네스코 예산 분담금이 가장 많았기 때문이다.

일본은 역사적으로 청·일 전쟁 이전부터 일본을 위해 일할 수 있는 외국인을 늘리는 다양한 계획을 세웠다. 주변 나라의 혁명 세력을 도와 그 세력이 결국 일본에 도움이 될 수 있도록 로비를 해오는 전략을 썼다. 그것을 국가 차원에서 적극적으로 활용해 왔고 실제 외교 정책에도 기입되어 있는 내용이다. 일본의 외교 활동과 정책 기조를 담은 연례 보고서인 '외교청서'를 보면 '일본의 친구가 될 수 있는 외국인들을 많이 양성한다. 그것이 일본의 정책이다'라고 명시되어 있다. 언뜻 친교를 뜻하는 것처럼 들리지만, 실상은 한일 외교 문제에서 일본을 옹호할 수 있는 외국인들을 많이 만들고자 하는 변질된 외국인 친교 정책인 셈이다.

하지만 일본 시민사회에서는 잘못된 역사관을 바로잡고자 하는 성숙한 움직임도 있다. 특히 이른바 지한파(知韓派)라 해서 한일 문제와 관련해서 한국의 정치, 경제, 역사에 대해 잘 알고 제2차 세계대전 당시 일본의 만행에 대해서도 반성하며 일본이 사죄해야 한다고 생각하는 사람들도 많다. 안중근 의사의 추모식에 매년 많은 일본인이 참석해 그를 기리고, 일제강점기 저항 시인 윤동주의 기일마다 일본 곳곳에서는 그의 시를 읽는 모임이 열린다.

"이런 사람들 대부분은 2차 세계대전 당시에도 반전 시위를 했던 사람들의 후손일 가능성이 높죠. 무조건 정권만 보고 단정 지을 것이 아니라 일본에 있는 다양한 얼굴들도 보았으면 좋겠어요. 한국과 일본의 국민이 서로를 미워하지 말고 오히려 시민들끼리 손을 잡아야 건강한 힘이 발휘된다고 생각합니다."

호사카 유지는 맹목적이고 편파적인 감정보다는 지나간 역사의 진실을 올바르게 알고, 또 알리는 것이 중요하다고 여긴다. 역사의 진상이 양국 국민에게 명확하게 알려지고 기억될 수 있다면 학자로서 그의 소임을 충분히 다하고 있는 셈이다.

"내 자식들에게 '신념을 가지고 살았던 아버지'로 기억되고 싶어요. 하지만 사회적으로는 원하는 평판이나 기대하는 건 전혀 없습니다. 어떤 평가를 염두에 두고 연구하는 게 아니니까요. 그래서 내 생애에 은퇴라는 것도 없다고 생각해요. 아직도 논리와 진실을 확인해야 할 많은 자료가 쌓여 있기 때문에 계속 연구해 나가려고 합니다."

09

인생 공부에는
끝이 없어요

🌿만남과 헤어짐을 받아들이는 방법

송해

우리나라 원로 코미디언이자 MC. 본명은 송복희이며, 일제강점기
에 태어났기에 삶 자체가 한국 근현대사와 맞닿아 있다. 고향은 황
해도 재령군으로, 6·25 전쟁 때 피란길에 오르며 가족과 헤어졌다.
이때 스스로 '해'라는 이름을 지었는데, '바다 해(海)'를 써서 바다
건너온 실향민'이라는 뜻이라고 한다. 전쟁 중에는 어쩔 수 없이 군
인으로 복역하였으나, 제대 후에는 '창공악극단'에서 가수로 연예
활동을 시작했고, TV 방송이 시작된 이후에는 코미디언으로 활동
하며 주로 '사회 풍자' 캐릭터를 연기했다. 1988년부터는 〈전국노
래자랑〉 MC에 캐스팅되어 지금까지 국민 안방 프로그램 〈전국노
래자랑〉 진행을 이어나가고 있다.

"⟨전국노래자랑⟩은 나에게 '인생 교과서'지.
여기서 배운 게 너무 많아요.
이렇게 토막토막 인생사가
다양하게 섞인 프로그램이 또 없어요.
즐거워서 나온 사람,
슬퍼서 나온 사람,
노래 잘해서 나온 사람까지
답답할 때 쭉 보면 어딘지 모르게 속이 트여.
만인이 다 같이 공감을 할 수 있는 프로그램이죠.
덕분에 난 영원히 공부하는 사람이에요."

대한민국 국민이라면 누구든 '전국~' 하는 선창에 '노래자랑!'을 외치지 않을 사람이 없을 것이다. 전국 방방곡곡에 축제가 배달되면 무대부터 관객석까지 흥겨운 현장을 즐기고, 참가자들은 송해를 이웃 할아버지를 만난 것처럼 반가워하며 특산물을 나누는 모습이 〈전국노래자랑〉의 흔한 풍경이다. 30년 넘게 이 프로그램의 진행을 맡고 있는 송해는 죽은 나무에도 꽃이 피었다 하는 게 진행자의 역할이라 믿으며 가장 신나는 멍석을 깔아주었고, 한편으로는 그 역시 다양한 사람과 만나고 소통하면서 인생을 배워왔다. 실향민으로서 아픈 우리의 역사를 마음 한편에 기억한 채 오히려 웃음으로 국민을 치유하고 응원하는 '국민 할아버지' 송해. 그는 고단한 삶이라 해도 살아가는 이들에겐 여전히 기쁨과 희망이 남아 있다는 것을 매주 우리에게 전해준다.

종로3가 송해길

지난 40여 년간 여러 예술인의 보금자리였던 종로는 아직도 저렴한 가격의 식당이나 문화시설 등 예전 그대로의 모습을 일부 간직하고 있다. 그중에서도 종로3가에는 송해의 이름을 딴 '송해길'이 있다. 종로구가 실향민으로서 종로 낙원동을 제2의 고향처럼 여기며 남다른 애착을 가져온 송해를 기리기 위해 종로구 수표로 중 240m가량을 명예도로 '송해길'로 지정한 것이다. 이 길에는 송해의 동상이 세워져 있고, 송해의 캐리커처가 그려진 2,000원짜리 국밥집, 목욕탕, 추억을 파는 극장 등 간판들도 곳곳에 눈에 띈다.

송해는 약 30년 전에 종로 낙원동에 '원로연예상록회' 사무실을 열었다. 원로연예인뿐 아니라 이 지역 노인들도 놀러 와 쉴 수 있는 사랑방이다. 상황이 어렵거나 바깥에 나가 활동하기 주저하던 노인들도 언제든 찾아올 수 있도록 북돋아 주는 사람 냄새나는 곳이기도 하다. 낙원동이 노인들만 오는 낙후된 동네라는 인식이 있지만, 최근에는 다양한 축제가 열려 젊은 사람들이 많이 찾아와 세대 간 소통의 장소가 되어가고 있다. 덕분에 어르신들도 젊은이들의 문화를 통해 변화를 배우고 체험한다.

"이 동네에 젊은이들이 얼마나 많이 오는지 몰라요. 특히 여자 둘, 남자 둘 오는 사람도 많아요. 그 친구들이 여기서 플래카드 걸어놓고 큰 행사도 한다고. 옛날엔 '이놈 새끼들, 저거 봐라' 했는데 요새는 '시대가 변했는데 새로운 세상은 따라줘야 해'라고 말해요. 연령별, 성별별 차이가 있겠지만, 움직여서 발전해 가는 걸 우리도 알아야지. 노인들도 시대 변화를 체감해야 해요."

송해는 스케줄이 없을 때도 상록회에 나가 규칙적인 생활을 한다. 그러다 보니 이 동네의 이장님 같은 터줏대감이 되었다. 송해는 별일이 없으면 보통 새벽 5시 반에 일어나서 아침을 먹고, 상록회에서 점심을 먹으며 원로 연예인들과 마작도 두고, 오후 4시 되면 목욕탕을 갔다가 저녁 6시쯤 되면 정확히 사무실 문을 닫고 해산한다. 워낙 일정하게 생활하다 보니 '낙원동의 칸트'라고 불릴 정도다.

인생을 배우는 무대 〈전국노래자랑〉

30년 넘게 전국 방방곡곡을 돌면서 국민의 흥을 끌어올린 〈전국노래자랑〉은 온 세대와 가족이 함께 즐기는 명실상부한 국민 프로그램이다. 일단 〈전국노래자랑〉 촬영을 한다고 하면 그 동네는 축제 분위기가 된다. 작은 시골 동네라면 무대 위에 올라오는 사람이 옆집, 앞집의 이웃들이니 더 신날 수밖에 없다. 〈전국노래자랑〉은 전국이 돌아가면서 축제 분위기를 즐길 수 있는 특별함을 선사한다.

이 무대에서 30년 넘게 진행을 맡고 있는 송해에게도 기억에 남는 출연자들이 있다. 20년 전쯤 한 며느리와 시어머니가 같이 무대에 나온 적이 있었다. 그때만 해도 고부간의 갈등이 무척 심했으니 뜻밖의 조합이었다. 며느리가 시어머니를 즐겁게 해드리고 싶다며 노래를 불렀고, 시어머니는 노래에 맞춰 신명 나게 춤을 췄다. 객석에서 박수가 쏟아졌고 현장 분위기는 화기애애했는데 몇 주 후 방송국으로 항의 엽서가 엄청나게 날아들었다. '세상에 며느리가 노래하고 시어머니가 춤추는 볼썽사나운 일이 어디 있느냐'는 것이다. 심지어 방송윤리위원회에서 조사를 나와 송해가 사과까지 했다. 그런데 몇 년 후 같은 지역에 촬영을 갔을 때였다. 한 참가자가 나오더니 '미안한 일이 있어 나왔다'며 사과를 했다. '나도 그때 항의 엽서를 보낸 사람인데, 지금 생각해 보니 그때 (그 무대를 하길) 참 잘했어' 하는 것이다. 그때는 시대 흐름과 맞지 않는 일이었을지 몰라도, 결국 우리는 다 함께 잘 지내고자 하는 마음을 가지고 흘러가고 있구나 싶어 짐짓 흐뭇했던 기억이다.

또 한번은 서울 장충체육관에서 명절 생방송이 예정되어 있던 적이 있다. 그날 방송을 위해 예선 심사를 진행하는데 당시 63세로 송해와 한 살 차이가 나는 시각장애인 참가자가 올라왔다. 그분이 백년설의 〈나그네 설움〉이라는 곡을 기가 막히게 불렀는데, 제작진이 '정월 초하루에 장애인이 출연하는 건 좀 그렇지 않겠느냐'며 참가자를 본선에 올리길 주저하는 것이었다. 장애인에 대한 편견이 만연했던 시대 분위기 탓이었다. 그때 송해가 나섰다. '장애인이라고 TV에 나오면 안 된다는 법이 있느냐, 우리가 광명은 못 주더라도 즐거움은 나눌 수 있는 게 아니겠느냐'는 송해의 강력한 주장으로 그 참가자는 무사히 예선 심사를 통과해 본선에 올랐다. 그리고 생방송이 진행되는 날, 딸이 아버지를 모시고 나와 천천히 무대 위에 올랐다. 그분이 맛깔나게 노래를 부르자, 관객석에는 체육관이 떠나갈 정도의 기립 박수와 앙코르 요청이 쏟아졌다. 생방송인데도 3창까지 하고서야 비로소 무대가 끝났다. 그 후로는 장애인들의 참가가 많아졌고, 그들도 자유롭게 무대를 함께 즐겼다.

〈전국노래자랑〉은 정해진 관습을 바꾸고 시대 변화를 이끌어내는 것이 목적이 아니다. 그저 국민과 함께 전국에서 노래 부르고 즐기자는 취지의 프로그램이다. 그 과정에서 자연스럽게 세대 간 소통이 이루어지는 놀라운 순간들을 만나게 된다. 이 무대가 국민들의 인식 변화와 삶의 희노애락까지도 고스란히 함께해 온 셈이다.

"나에게 〈전국노래자랑〉은 '인생 교과서'죠. 여기서 배운 게 너무 많아요. 이렇게 토막토막 인생사가 다양하게 섞인 프로그램이 또 없어요. 즐거워서 나온 사람, 슬퍼서 나온 사람, 노래 잘해서 나온 사람까지 답답할 때 쭉 보면 어딘지 모르게 속이 트여요. 만인이 다 같이 공감을 할 수 있는 프로그램인 거죠. 덕분에 난 영원히 공부하는 사람이에요."

문화와 세대를 연결하다

〈전국노래자랑〉의 재미 중 하나가 어린 참가자들이 나왔을 때 고(故) 김인협 악단장이 용돈이나 세뱃돈을 주는 모습이었다. 귀여운 어린이들이 깜찍하게 노래하고 들어가는 걸 보면 뭐라도 들려 보내고 싶은 게 어른들의 마음 아니겠는가. 송해는 술을 잘 사지 않는 김인협 악단장에게 골탕도 먹이고 싶은 마음에 겸사겸사 슬쩍 분위기를 조성해 그가 아이들에게 용돈을 줄 수밖에 없도록 유도하곤 했다.

한번은 남성 참가자가 세 살, 여섯 살, 아홉 살짜리 아이 셋을 데리고 나왔다. 딸이 노래자랑에 나와서 기를 좀 받고 잘되라는 마음으로 데리고 나왔다는 것이다. 그래서 송해는 또 '저 양반한테 가보라'고 김인협 악단장에게 보내 각자 1만 원씩 용돈을 들려 보냈다. 그런데 7년이 지난 어느 날, 그 아이들이 다시 〈전국노래자랑〉 무대 위에 올라왔다. 그때는 화폐가 신권으로 바뀌었을 때인데, 전에 받았던 구권을 그대로 들고 와서 악단장님 덕분에 이렇게 바르게 성장했다고 감사 인사를 하는 것이었다. 그리고는 곱게 간직했던 그 돈을 다시 선물하는데, 무뚝뚝한 악단장의 얼굴이 감동으로 벌게졌다. 지방을 오가는 게 힘들고 불편해도, 이런 일을 한번 겪고 나면 몇 달 동안은 또 신바람이 났다.

"내가 항상 하는 말이 〈전국노래자랑〉의 주인은 바로 '여러분'이라는 거예요. 관객들이 만들어가는 부분이 정말 큰 프로그램이거든. 같이 즐기고, 몰랐던 것도 가르쳐주고, 감동적인 순간들도 만들어 주잖아요. 우리는 그걸 받아서 '전달자' 역할을 할 뿐이에요."

친숙한 옆집 할머니, 앞집 꼬마, 외국인 아저씨 등 주변인이었던 그들이 주인공이 되는 자리가 바로 〈전국노래자랑〉의 무대다. 송해는 진행자로서의 사명은 저 사람을 소개하는 것이지, 나를 소개하는 것이 아니라고 여긴다. 따라서 한순간도 이 프로그램의 주인이 자신이라고 생각한 적이 없다. 대신 진행자로서의 노하우가 있다면 '죽은 나무가 나와도 꽃 피는 나무라고 그래라' 하는 마음을 갖는 것이다. 〈전국노래자랑〉에 나오는 사람들은 대부분 방송이 처음이다. 그런 사람들은 연출가만 봐도 괜히 가슴이 뛰고 긴장해서 막상 무대 위에서 실력 발휘를 하기 어려울 수도 있다. 그래서 송해는 예선 심사 때도 '하고 싶은 건 일단 다 해보라'고 북돋아 주고 기를 살려준다. 연출가가 하지 말라고 한 것도 다시 해보라고 참가자의 옆구리를 찌른다. 방송은 편집을 해도 되는 거고, 현장에서 신나게 즐길 수 있는 분위기가 더 중요하다고 여기기 때문이다. 그러다 보면 신기하게 꽃봉오리가 다 떨어진 가지도 다시 꽃을 피운다.

고향을 떠나온 그날

송해가 〈전국노래자랑〉을 진행하는 동안 대통령이 6번이나 바뀌었다. 1927년에 태어난 송해는 우리나라의 아픈 역사를 온몸으로 겪어온 산증인이다. 태어났을 때부터 일제 치하에서 자랐고, 일제의 민족 말살 정책으로 우리말을 마음대로 쓰지 못하는 것은 물론 창씨개명도 해야 했다. 해방되었을 때가 만 18세 되던 해였는데 사실상 어린 시절을 전부 일제 통치 아래 억눌린 채 살았기 때문에 하루아침에 찾아온 광복이 잘 실감 나지 않았다.

> "친구한테 '독립이라는 게 뭐냐?' 하고 물으니 '우리끼리 사는 거래'라고 답하면서도 다들 무슨 의미인지 몰라 어리둥절했던 것 같아요. 의미도 모르면서 같이 '만세!' 하고 그랬어요. 하루아침에 세상이 바뀐 거죠."

광복의 기쁨도 잠시, 1950년 송해 나이 24세에 6·25 전쟁이 터졌다. 송해의 고향은 황해도 재령이었다. 38선이 있어도 원래는 서로 오가며 왕래를 했었는데, 어느 날 갑자기 전쟁이 시작되자 38선과 가까운 재령에서는 특히 거센 전투가 벌어졌고 며칠 간격으로 점령군이 계속 바뀌었다. 처음에는 대학생이어서 징병을 피할 수 있었지만, 점점 군인들이 필요해지니 군대에선 젊은 남자를 보면 무조건 징병해가기 시작했다. 그러니 군대가 내려온다는 소식이 들리면 산속으로 도망가서 2~3일씩 숨어있곤 했다. 군인에게 잡히면 죽거나 강제 징집되거나 둘 중 하나였기 때문이다. 그렇게 세 번째로 산속에 피신을 갔을 때였다. 그날따라 산으로 끝도 없이 포탄이 쏟아졌다. 이를 피하기 위해 점점 도망가다 보니 해주 연안까지 다다랐고, 1·4 후퇴 행렬에 끼어 결국 남쪽까지 내려가게 됐다.

갑작스럽게 남한으로 가게 되었으니 가족과의 이별도 미리 짐작하지 못했다. 집을 나올 때 어머니에게 "잠시 또 피했다 오겠습니다" 하고 나갔는데, 예감이 좋지 않았는지 어머니가 "이번엔 조심하거라" 하고 당부하셨다. 그게 어머니와의 마지막이었다. 황해도 아낙들이 즐겨 쓰던 흰 무명천 모자를 쓴 채 눈물이 그렁그렁한 눈으로 바라보던 어머니의 모습을 끝으로, 며칠 후에 다시 보게 될 줄 알았던 어머니를 70년이 넘도록 다시는 만나 뵙지 못하게 되었다.

어머니와 고향 땅을 뒤로한 피란 여정도 쉽지 않았다. 그때 동네 친구 20여 명이 함께 숨어있었는데, 북한군 기관총이 포탄을 계속 퍼부으니까 산에서 내려와 무작정 남쪽으로 향했다. 날씨는 험난하고 사방에 총알과 포탄이 떨어졌다. 폭파된 다리를 지나갈 때는 갑자기 총탄이 퍼부어서 철근 사이에 대롱대롱 매달려 겨우 살아났는데, 그 자리에서 죽마고우였던 친구 한 명이 죽었다. 슬퍼할 겨를도 없이 목숨만 겨우 건진 채 어떻게든 계속 이동해야 했다. 가는 동안 먹을 게 하나도 없어 패잔병들이 먹다 남긴 음식을 주워 먹거나 생솔잎을 뜯어먹고, 그것도 없으면 이틀씩 내리 굶으면서 해주까지 60km를 걸었다. 해주에 도착하니 같이 출발한 20명 중에 딱 7명이 남아 있었다.

그래도 살려고 그랬는지, 해주 앞바다에서 방탄용 쌀가마로 가장자리를 둘러싼 나룻배 한 척을 발견했다. 주변에 다른 사람이 있나 하고 두리번거려도 아무도 안 보이기에 그걸 타고 몇 미터 나아갔는데 또 총탄이 날아오기 시작했다. 다들 쌀가마 밑에 엎드려 총알을 피하면서 바닷가를 빠져나왔다. 노가 없어 강추위 속에 맨손으로 노를 저어 가까스로 연평도에 도착했다. 연평도에 당도하자마자 눈앞에 거대한 배 한 척이 보였다. 미군 상륙선 LST(Landing Ship Tank)였다. 북쪽의 피란민이 도착할 시기에 맞춰 정박해 놓은 것이다. 피란민 행렬은 어디로 가는 줄도 모르면서 뱃전에 내려준 그물을 붙잡고 배에 올라탔다. 그렇게 망망대해를 3일 밤낮 동안 이동했는데, 송해는 그 바다 위에서 자신의 이름을 스스로 지었다.

"내 이름이 원래 복희인데 바다 위에 떠서 '어머니, 나 어디로 가는지도 모르고 바다를 가로지르고 있소' 하면서 어머니 생각을 했죠. 끝도 없는 바다 한가운데서 어머니랑은 점점 멀어지고 있고…. 그때 내가 송해라고 이름을 지은 거예요."

남한에서 혈혈단신으로

LST가 정박한 곳은 부산이었다. 부두에 내려 친구 7명이 서로 놓치면 죽는다는 생각으로 손을 꼭 붙잡고 걸었다. 그렇게 걷다 보니 웬 판잣집이 나왔는데, 알고 보니 군사 훈련소였다. 인민군 징병을 피해 남한에 왔는데 도착하자마자 엉겁결에 군입대를 하게 된 것이다. 연고가 있으면 빠져나갈 수도 있었겠지만, 몸만 겨우 내려왔으니 여기서는 나가 봐야 갈 곳도 없었다. 별수 없이 군대에 들어가 제식훈련부터 받게 되었다.

"그때 자대 배치를 받기 전에 훈련소에 있는데 참 서러웠던 게, 남한 출신 병사들은 가족들이 면회를 오잖아요. 그때 제일 먼저 챙겨오는 게 누룽지였어요. 가지고 오기도 편하고, 오래 가기도 하니까. 그래서 밤에 다들 가마니를 덮고 누워 있으면 옆 사람이 누룽지를 혼자 아그작 아그작 먹는 거예요. 어떻게 한 주먹 나눠줄 수도 있을 텐데, 참 그게 야속하더라고."

기초 군사 훈련 과정을 마치고 나서는 자대 배치를 받으려고 기다리는데, 일단은 '죽지 말아야 한다'는 생각뿐이었다. 어머니를 다시 보려면 어쨌든 살아있어야 했다. 그래서 학력을 물어보면 무조건 대학 졸업이라고 하자고 친구와 말을 맞췄다. 대학을 나왔다고 하면 그래도 기술 위주의 안전한 보직을 받을 수 있으리라는 생각 때문이었다. 실제로 통신병으로 배치가 되어서, 원래는 3년 동안 배워야 하는 통신 기술을 급한 대로 3개월 만에 수료해 즉시 실전에 투입됐다. 송해는 그때 배운 모스 부호를 아직도 또렷하게 기억하고 있다.

그러다 1953년 7월, 대구 육군본부에서 복무를 하고 있던 중 군사 기밀 정보가 왔다. 일단은 신호를 보낸 뒤 암호실에 가서 내용을 물었더니 다름 아닌 휴전 전보였다. '1953년 7월 27일 22시를 기점으로 전 전선의 전투를 중단한다.' 전쟁의 끝이 아닌 멈춤. 그렇게 남북 사이에 휴전선이 그어졌다. 고향으로 가는 길을 끊어내는 그 전보를 자신의 손으로 직접 보내게 되었으니, 참 얄궂은 운명이었다.

그 이후로 아직까지도 고향에 두고 온 가족들을 한 번도 보지 못했다. 생사도 알지 못한 채 가슴에만 묻고 살아야 했다. 혹시나 부모님이 고향에 살아 계시는데 제사를 지내면 죄짓는 것 같아 그동안 차례도 지내지 못하다가, 십년 전부터 차례를 모시기 시작했다.

이처럼 고향에 가족을 두고 헤어진 이산가족들도 많지만, 가족과 함께 남한으로 내려왔더라도 피란길에 흩어져 가족을 잃어버린 사람들도 많았다. 1983년에는 남한 내에 흩어져 있는 이산가족을 찾아주는 〈이산가족을 찾습니다〉라는 프로그램이 생겼다. 만약 남쪽에 얼굴이라도 아는 이가 있었다면 이미 방송 활동으로 유명해져 있던 송해를 진작에 찾아왔을 터라 따로 신청은 하지 않았지만, 그래도 혹시나 아는 얼굴이 보일까 싶어 송해는 무작정 그곳을 찾아가 다른 이산가족들과 함께 방송국 나무 밑에서 같이 밤을 지샜다. 1985년부터는 남북 이산가족 상봉이 시작되기도 했지만, 남한 방송에서 김일성을 희화화한 콩트를 한 송해는 북한에서 반역자가 되어 있을 터라 가족들에게 피해가 갈까 싶어 가족을 찾지 못했다.

당시에 이산가족이 무려 1,000만 명이었는데, 이제는 세월이 많이 지나 겨우 5만 명이 남아 있다. 이전에 방송으로 이산가족 상봉의 현장을 지켜본 이들은 감동적인 상봉만큼이나 안타깝던 작별의 시간을 기억할 것이다. 가족을 다시 만날 수 없는 평생의 한을 어떻게 풀 수 있을까. 이제는 정말 시간이 얼마 남지 않았다.

금강산에서 본 얼굴

1998년, 햇볕정책으로 금강산 관광이 시작되었다. 한국의 민간인들도 북한 땅을 밟을 수 있게 된 것이다. 제1호 금강산 방북단이 꾸려졌을 때 송해도 관광단에 합류했다. 그때는 육로가 아니라 배를 타고 갔는데, 동해시에서 군사 한계선까지 배를 타고 올라가 육지로 내려갔다. 북한으로 가는 배 안에 반주기를 실어 실향민들과 함께 〈전국노래자랑〉을 진행하기도 했는데, 고향으로 향하는 길이니 다들 감동과 흥분으로 목이 메어 1절을 다 부르는 사람이 없었다. 〈꿈에 본 내 고향〉, 〈불효자는 웁니다〉 같은 곡들을 눈물과 섞어 부르면서 설렘과 긴장감이 뒤섞인 설명할 수 없는 감정들이 점차 고조되어 갔다.

마침내 금강호가 장전항에 입항하고, 배에서 내리면 드디어 47년 만에 고향 땅을 밟는 순간이었다. 그런데 입국 심사하는 곳에 서자 심사하는 사람이 말했다.

"선생님은 잠깐 기다리시라요."

송해와 함께 조선일보 기자 세 명도 배에서 내리지 못하고 남아 있었다. 김일성을 희화화했던 송해와 북한에 대해 비판적인 기사를 많이 썼던 조선일보 기자를 배에 잔류시킨 것을 보니 마음이 복잡해지며 '아, 나는 못 가는구나' 싶었다. 그렇게 송해는 2박 3일 일정 중 이틀을 내내 텅 빈

배에서 보냈다. 그러다 다시 남한으로 출항하기 전날 밤, 갑자기 안내원이 송해를 찾아오더니 내일 새벽에 일찍 일어나라고 말하고는 사라졌다.

"아침 6시에 나갑니다."

아침에 나가보니 조선일보 기자 3명도 있었다. 상황이 어찌 풀렸는지는 모르겠지만 그렇게 4명만 따로 관광차를 타고 저녁 8시까지 총알처럼 벼락치기 관광을 했다. 마지막 하루 동안 바쁘게 여기저기를 관광하러 다니다 보니 뭐가 뭔지 정신이 하나도 없었다.

"그 와중에 기억에 남는 게 하나 있어요. 금강산에 '만물상'이라고 바위가 만물의 상처럼 펼쳐져 있다는 곳이 있는데, 안내원이 여기서 눈 감고 보고 싶은 사람을 부르면 보인다는 거예요. 거짓말하지 말라면서도 눈을 감고 '어머니' 하고 부르니까, 그 순간 달덩이 같이 어머니가 떠오르는 거야. 마지막에 날 배웅해주던 그 모습 그대로…. 다시 한번 '어머니' 부르니까 물거품이 흩어지듯이 서서히 사라졌어요. 안내원이 내 표정을 보더니 '보셨지요?' 하면서 만물상에서는 다 볼 수 있대요. 그래서 그걸 잊을 수가 없어요."

사진으로라도 담아 두었으면 얼마나 좋았을까. 꿈에도 나타나지 않던 어머니의 얼굴을 그렇게라도 볼 수 있어 고맙고도 애달픈 순간이었다.

그로부터 5년 후인 2003년, 송해는 77세의 나이로 다시 평양을 방문했다. 평양 모란봉 공원에서 〈전국노래자랑〉이 열리게 된 것이다. 사실 북측에서는 '우리가 알아서 할 테니 사회자는 안 와도 된다'고 했다. 하지만 〈전국노래자랑〉에 어떻게 송해가 빠질 수 있을까. 꼭 가야 한다고 했더니 결국 북한의 전성희 아나운서가 전체 사회를 볼 테니, 송해는 첫인사와 끝인사 정도만 함께 하라는 것으로 협의가 됐다. 평양에서 익숙한 전주와 "전국노래자랑!"을 외치는 송해의 목소리가 울려 퍼졌다. 사실 송해는 첫인사 후 무대에 올라가면 안 됐지만, 은근슬쩍 한 번씩 무대에 올라가 참가자를 인터뷰하며 송해 특유의 맛깔난 진행을 선보였다. 현장 반응이 좋으니 결국 스태프들도 한 발짝 물러났고 관객들도 웃으며 즐겼다. 언제나처럼 지역 주민들과 함께 즐긴 〈전국노래자랑〉다운 축제였다.

그렇게 평양까지 다녀왔지만 송해는 끝내 고향인 재령 땅은 밟지 못했다. 10년만 지나도 강산이 바뀐다는데, 아직도 계절별로 꽃 피고 추수하던 고향의 모습이 눈에 선한데, 그곳은 지금쯤 어떻게 달라졌을까.

"거기 있을 때 감시원이 꼭 따라다니는데 같이 술 먹으면서 '선생님, 고향에 가고 싶죠?' 하더라고요. '그걸 말이라고 하냐.

내가 이렇게 늙을 때까지 못 가봤는데 당연히 가고 싶지' 했
더니 '선생님 고향 가도 거기 아무도 안 계십니다' 하는 거예
요. 그래서 '다 처형해 버렸나' 하고 철렁했는데, 그건 아니고
흘러가는 강이랑 솟아있는 산이나 그대로 있을까 나머지는
다 달라졌대요. 집도 다 헐었고 동네도 다 바뀌었다고. '아, 내
가 생전에는 다시 어머니를 뵐 수 없겠구나….' 싶더라고요."

남북 관계가 진전되나 싶을 때마다 실향민 송해는 가슴
이 뛴다. 다른 체제 속에서 오랫동안 나뉘어 있던 민족이
당장 하나가 될 수는 없겠지만 중요한 것은 사람이라고 생
각한다. 사람만이라도 왕래할 수 있다면, 고향 땅 재령에서
〈전국노래자랑〉 무대를 펼쳐놓고 "고향에 계신 여러분, 복
희가 왔습니다!" 하고 외칠 수 있다면…. 남북 문제의 나머
지는 천천히 풀어가더라도 시간이 얼마 남지 않은 실향민
과 이산가족들에게 먼저 길을 열어줄 수는 없을까. 송해는
꿈에서나마 그 장면을 그려본다.

떠나간 이들과 남겨진 이

올해 만 94세가 된 송해는 떠나간 이들이 비운 자리에 남겨
진 이가 되었다. 2018년 초에는 부인 석옥이 여사가 별세했

다. 부부가 같이 감기에 걸려 입원했다가 송해는 녹화 때문에 먼저 퇴원했는데, 부인은 순식간에 급성 폐렴과 패혈증으로 증상이 악화되며 끝내 퇴원하지 못했던 것이다. 고향을 떠나 유일한 가족이 되어준 사람이었고, 63년을 함께했으니 그 허전함을 무엇으로 대신할 수 있을까. 아내가 떠나고 나니 그보다 먼저 1974년에 뺑소니 사고를 당해 세상을 떠난 아들에 대한 그리움도 더욱 커졌다.

> "나도 그렇지만, 떠난 사람은 아이가 얼마나 보고 싶겠나 싶어서 세상 떠난 아이랑 같이 찍은 사진을 묘에 넣어주려고 갔다가, 또 내가 보고 싶을 때는 어떻게 해요. 그래서 결국 또 내가 가지고 왔지…. 참 바보같이 살아생전에 못 한 건 다 후회가 돼요. 밖에서 일하느라 집에서는 말도 별로 안 하고, 곁에 있어준 시간이 많이 없었던 것 같아서."

살아간다는 것은 그 시간만큼의 이별을 겪는 일이었다. 채울 수 없는 빈자리를 빈 그대로 남겨둔 채 가슴에 묻고 걸어나가는 일이었다. 그럼에도 내 곁을 새로이 채워주는 이들을 아끼고 사랑할 수 있다는 데 감사하는 것이, 고단하고 희망찬 삶의 또 다른 일면이었다. 떠나간 이의 자리는 허전하지만 새로운 세대를 보며 또 기운을 낸다. 집 주변에 딸과 손주들이 모여 사는데, 같이 아침밥을 먹고 아이들이 학교 가는 뒷모습을 챙겨주고 나면 '저놈들에게 할아버지 본때를 한번 보여줘야지!' 하면서 불끈 힘이 생기곤 했다.

송해를 지탱해 준 다른 하나는 역시 〈전국노래자랑〉이었다. 가족 같고 이웃 같은 사람들을 만나면 언제 축 처져 있었느냐는 듯이 에너지가 넘쳤다. 그것은 〈전국노래자랑〉을 보는 관객이나 시청자들 역시 마찬가지일 것이다. 늘 그 자리에서 변치 않고 돌아오는 〈전국노래자랑〉을 보면서 그때만큼은 모든 걸 잊고 흥겨운 음악에 빠져들 수 있다. 송해는 '병원에 입원해 있는 어머니가 〈전국노래자랑〉을 볼 때만큼은 즐겁게 웃으신다'는 환자 가족의 연락을 듣고 병원을 방문하기도 했다. 송해도 시청자를 응원하지만 시청자들도 송해가 한결같이 그 자리에 있어 주기를 바라고 응원하고 있다. 고되어도 서로를 격려하고 진심을 전하는 것이 지금을 살아가는 우리들의 일이다.

흔히 말하는 '딴따라'의 어원을 들여다보면 새로운 스타를 향해 터트리는 팡파레, 그리고 많은 사람의 여흥을 위해 나팔을 불어주는 사람이라는 의미가 있다. 헤아릴 수 없는 한을 가슴에 묻은 채 지나간 사람과 곁에 있는 사람, 또 앞 다음 세대에게까지 웃음과 즐거움을 전해주는 송해는 우리의 영원한 '딴따라'다.

대화의 희열
우리에게는 좋은 대화가 필요하다

2022년 1월 26일 초판 1쇄

지은이 KBS 〈대화의 희열〉 제작진·송해·한혜진·서장훈 외 지음
펴낸이 박영미
펴낸곳 포르체

책임편집 류다경
편   집 원지연
마 케 팅 이광연
표지 디자인 최희영
본문 디자인 프리즘씨 오현정
표지 일러스트 꿈희그림 지수

출판신고 2020년 7월 20일 제2020-000103호
전화 02-6083-0128 | 팩스 02-6008-0126
이메일 porchetogo@gmail.com
포스트 https://m.post.naver.com/porche_book
인스타그램 www.instagram.com/porche_book

여러분의 소중한 원고를 보내주세요.
porchetogo@gmail.com